Raimund Bahr

Der falsche Verdacht

Kriminalroman

Raimund Bahr

Seit 1984 literarische Tätigkeit in den Bereichen Prosa, Lyrik, Dramatik und Journalistik. Veröffentlichungen in Anthologien und Literaturzeitschriften. Schriftstellerische Tätigkeit und Veröffentlichungen auch in der Sparte Kinder- und Jugendliteratur.
Freie Mitarbeit im Österreichischen Rundfunk.
Seit 1991 Publikationen in diversen wissenschaftlichen Zeitschriften und Mitarbeit an wissenschaftlichen Projekten. Vorträge und Teilnahme an internationalen Symposien.
1993-1997 Mitarbeiter in der Österreichischen Dramatiker Vereinigung (ÖDV).
1997-2007 Koordination des Sympoiums SchnittStellen.
Als Mitbegründer der AG Literatur und später des Werkraum Abersee hat er nach seiner Übersiedelung von Wien nach St. Wolfgang zahlreiche Literaturveranstaltungen betreut. Er hat die Internationalen Wolfgangsee Literaturtage gegründet, deren Leiter er von 1999-2013 gewesen war.
Jurymitglied beim Feldkircher Lyrikpreis 2013.
Publikationen in Literaturmagazinen und journalistischen Medien in Österreich, Deutschland und Mexico.

Raimund Bahr

Der falsche Verdacht

Kriminalroman

federfrei
www.federfrei.at

1. Auflage
Marchtrenk, 2016
www.federfrei.at

Umschlagabbildung: © PixAchi, Fotolia
Lektorat: S. Bähr
Satz und Layout: Verlag Federfrei
Druck und Bindung: Finidr s.r.o.

ISBN 978-3-903092-16-7

Sämtliche Protagonisten dieses Romans, ihre Namen und ihre Handlungen sind frei erfunden, etwaige Ähnlichkeiten mit lebenden oder verstorbenen Personen nicht beabsichtigt.

Tante Elses Villa

Zwei Wochen waren nun vergangen, seit Friedrich Katzmeyer St. Wolfgang erreicht hatte. Ein heftiges Gewitter mit Hagelschlag und Starkregen zog an diesem Freitagabend über den Wolfgangsee. Katzmeyer suchte den Ort seiner Sommerfrischekindheit auf, um ein Erbe anzutreten. Keine drei Monate waren verstrichen, seit er vom Anwalt der Tante Else ein Schreiben erhalten hatte, der ihn in sein gediegenes, mit Holz vertäfeltes Büro bestellt hatte, um ihm mitzuteilen, dass seine Tante ihn schon vor Jahren als Universalerben in ihr Testament eingesetzt hatte. Der Anwalt fragte ihn, ob er die Erbschaft antreten wolle, die im Kern aus dem Anwesen in St. Wolfgang, Sternallee einhundertelf, bestand. Noch immer klang in ihm seine etwas unsichere Stimme nach, die mit »Ja« geantwortet hatte.

Katzmeyer setzte seine Unterschrift leicht zögerlich auf jedes Blatt Papier, das der Anwalt ihm vorlegte und wurde so zum Eigentümer des Hauses der Tante Else in St. Wolfgang. Eine Woche später sprach er bei seinem Vorgesetzten vor und bat ihn, im Sommer seinen gesamten Resturlaub nehmen zu dürfen. Mitte Juli hatte Katzmeyer dann seine Koffer gepackt, seine unerledigten Akten in Wien zurückgelassen und die noch zu klärenden Fälle seinem Kollegen Sonnleithner überlassen, um in St. Wolfgang den Nachlass seiner Tante zu ordnen und darüber nachzudenken, welche Entscheidungen in Bezug auf die Villa zu treffen seien. Katzmeyer würde es nicht leichtfallen, das Haus, in dem er ein paar der schönsten Sommer seiner Kindheit verbracht und seine Tante Else sechzig Jahre gelebt hatte, einfach zu veräußern. Die Alternative wäre, die Villa zu behalten. Doch die Erhaltungskosten wären hoch. Um das Gebäude, das mit Gaupen und Türmchen und Holzbalkonen ausgestattet war, herzurichten, müsste er einen Kredit aufnehmen, rückzahlbar bis zu seinem Lebensende. Das hätte zwar seine Tante keinesfalls von ihm erwartet, würde aber wohl ihren Wünschen entsprechen. Der Verkauf des Anwesens wäre dagegen eine große Chance, noch einmal einen beruflichen Neubeginn zu wagen. Sein Leben als Kriminalbeamter an den Nagel zu hängen, der ihn längst nicht mehr so zufriedenstellte wie noch vor zwanzig Jahren, als er bei der Kriminalpolizei als Ermittler angeheuert hatte.

Es gab zu viel Bürokratie, und die Aufklärungsrate ist gering, dachte Katzmeyer. Oftmals hatten ihm politische Entscheidungsträger quergeschossen, und so waren zu viele Täter davongekommen. Das machte ihm zu schaffen. Am liebsten würde er morgen kündigen und freiberuflich weitermachen. Auftragsarbeiten übernehmen. Ermitteln. Recherchieren. Dort, wo der Staatsapparat kapitulierte oder sich am Schicksal von Opfern desinteressiert zeigte, diesen zu helfen, ihr Recht durchzusetzen.

Mit seinem Kollegen Sonnleithner hatte er schon alles durchgesprochen. Katzmeyer würde kündigen und seine Kontakte mitnehmen. Sonnleithner würde sein Verbindungsmann zur Kriminalpolizei in Wien werden. In seinem zwanzigjährigen Staatsdienst bei der Polizei hatte Katzmeyer sich ein dichtes

Netz an Informanten aufgebaut. Ein Netz, in dem sich Täter fangen ließen, die er jetzt laufen lassen musste, weil es ihm nicht erlaubt war, die Medien für seine Zwecke zu nutzen und die Erkenntnisse seiner Ermittlungen bis in die letzte Konsequenz hinein zu verfolgen.

Katzmeyer saß am großen Esstisch im Wohnzimmer von Tante Elses Villa, und sein Blick wanderte durch den Raum, der seit Tagen als Zwischenlager für ihre Hinterlassenschaften diente, die aus allen Ecken und Winkeln des Hauses hervorquollen. Er hatte Kästen, Tischladen und Bücherregale leer geräumt und alles, was er zum Vorschein brachte, auf Stühlen, Tischchen und der Wohnzimmercouch gestapelt.

Tante Else hatte das Wohnzimmer bis zuletzt Salon genannt und versicherte sich damit einer Zeit, in der sie Kaffeekränzchen mit Künstlern abhielt. Fast schien es Katzmeyer, als würde jeden Moment Josef Stern, der Erbauer der Schafbergbahn, das Haus betreten, seinen Hut an den Mantelständer hängen, seinen Spazierstock abstellen und sich mit Stolz im Haus umblicken, das er geplant und erbaut hatte. Katzmeyer sah durch das offene Fenster in den Garten, wo durch die hohen Bäume nur einige wenige Sonnenstrahlen sickerten, und sinnierte darüber, dass Josef Stern in diesem Haus keine rechtwinkligen Räume vorgesehen hatte, dafür aber umso mehr Kammern und Zimmerchen, in denen nun nicht nur wertvolle Gegenstände der Tante Else aufzufinden waren, sondern auch Berge von Papier und Gerümpel.

Es sammelt sich in einem Leben einfach zu viel an, dachte Katzmeyer. Und irgendwann verliert der Mensch den Überblick, oder es verlässt ihn die Kraft, selbst zu entscheiden, was wichtig und was nur Müll der eigenen Geschichte ist. Tante

Else hatte die letzten beiden Jahre keine Kraft mehr gehabt, diese Entscheidungen über ihr eigenes Leben zu treffen. Das Haus war mit all seinen Innereien zur erstarrten Geschichte ihres Lebens geworden. Es lagerten in den Tiefen des Kellers und den luftigen Höhen des Dachbodens ja nicht nur die eigenen Erinnerungen, sondern auch all jene an ihren Mann, den Katzmeyer in seiner Kindheit Onkel Georg genannt hatte.

Katzmeyer blickte auf die zahlreichen Papierstapel, die den Tisch umlagerten und darauf warteten, dass er sie durchforstete, um zu entscheiden, was dem Müll überantwortet werden durfte und was er behalten musste.

Er trennte die Erinnerungsspreu vom Nachlassweizen.

Ein Archiv in der Landeshauptstadt, das sich darauf spezialisiert hatte, Nachlässe von oberösterreichischen Schriftstellern zu sammeln, hatte sich bereit erklärt, den literarischen Nachlass seiner Tante zu übernehmen. Sie hatte beinahe vierzig Jahre für lokale Zeitungen und Zeitschriften aus dem Kulturleben der Region berichtet. Und nun war Katzmeyer testamentarisch in die Pflicht genommen, all die Zeitschriften, Bücher und Fotografien, die Notizen und verstreuten Dokumente aus den Tiefen des Hauses zusammenzutragen, zu ordnen und zu sortieren.

Die Hitze des Julinachmittages strömte in den Raum. Die hohen Bäume, die das Haus umstanden, verhinderten, dass die Räume im Haus direkte Sonne abbekamen, und so war es trotz der sengenden Hitze, die über dem Tal lag, in der Villa angenehm kühl.

Katzmeyer dachte, dass alle Bäume zu fällen wären, um Licht in die Räume zu lassen. Er selbst hatte ja schon ein wenig Hand angelegt und die Äste direkt vor den Fenstern, die ihm leicht zugänglich waren, zurückgestutzt. Im Durchzug, der das Haus von einer Seite zur anderen mit frischer Luft flutete, bewegten sich nun die vergrauten und mit einem leicht gelblichen Schimmer überzogenen Vorhänge im Wind.

Katzmeyer fühlte sich an Griechenland erinnert. An das ägäische Licht, das sich mit Leichtigkeit aufrufen ließ, sobald er die Augen schloss. Gemeinsam mit seiner Frau Lotte hatte er zahlreiche Urlaube auf ägäischen und ionischen Inseln verbracht. Sie nahmen immer in einem Appartement Quartier, um unabhängig zu sein von Hotelbetrieben. Und im Spätsommer, wenn oft noch brütende Hitze über den Feldern lag und die Zikaden ein ohrenbetäubendes Konzert zur Mittagszeit gaben, wehte eine leichte und salzluftige Brise durchs Fenster und füllte Katzmeyers ausgebrannten Körper mit dem prallen Leben, das sich aus dem Meer und dem Wind und der Sonne speiste. Aufgetankt und dem Himmel auf Erden so nah, war ein halbes Jahr im tristen und nebeligen Wien durchaus zu überstehen.

Die Melancholie, die ihn seit Jahren schon vor dem Tod seiner Frau in den langen Wiener Wintern befiel, war einer der Gründe, warum er noch zögerte, die Villa zu verkaufen. Sie könnte ihm als Zuflucht dienen, wenn er für ein paar Tage aus der Stadt ausreisen würde. In den Monaten, wenn der Nebel wieder für Wochen in den Straßen hing und er das Gefühl bekommen konnte, dass die Sonne eine mythologische Erzählung aus der Vorzeit der Urahnen sei, um die Menschen in der Stadt zu halten.

Im Winter war es in St. Wolfgang nebelfrei und sonnig. Der Schnee an den Uferrändern blitzte, und das blanke Eis auf dem See lud zu einem Spaziergang nach Strobl ein. Über das Wasser gehen, hatten sie das als Kinder immer genannt und so die Alten gegen sich aufgebracht, weil sie es für Blasphemie hielten, sich über Jesus und seine Wunder lustig zu machen.

Katzmeyer riss sich von seinen Wintererinnerungen los und dachte daran, dass in der Villa schon seit Jahren niemand mehr ausgiebig gelüftet hatte. Niemand hatte den Sommer genutzt, um die Winterfeuchtigkeit aus dem Haus zu vertreiben und es trockenzulegen.

So war Katzmeyers erste Handlung, die er nach seiner Anreise an diesem Freitagabend vor zwei Wochen gesetzt hatte, nur logisch und folgerichtig, nämlich trotz des heftigen Gewitters, das sich gerade über dem See entlud, alle Türen und Fenster aufzureißen und die stickige, kalte und abgestandene Luft aus dem Haus zu verscheuchen.

Danach hatte er sich für die Zeit, in der er den Nachlass seiner Tante Else ordnen wollte, so gut es ging, in seinem früheren Urlaubsdomizil eingerichtet. Es war ihm von Anfang an nicht wohl dabei gewesen, die Villa in Besitz zu nehmen. Es kam ihm beinahe widerrechtlich vor, sich das Haus einer Frau anzueignen, die erst wenige Monate tot war und von deren Ableben er an einem der ersten sonnigen und heißen Tage im Mai dieses Jahres erfahren hatte, als das Krankenhaus ihn von ihrem Sterben in Kenntnis setzte.

Die letzten Wochen in ihrem lauschigen Nest verbrachte sie in der Obhut von Frau Haigermoser, die täglich mehrmals vorbeikam, ihre Einkäufe erledigte, ihr Bett aufbereitete, ihr beim Ankleiden am Morgen und beim Auskleiden am Abend half. Seine Tante so manch halbe Stunde auf ihren Spaziergängen durch den Garten begleitend, ihr immer einen Schritt nach dem anderen folgend, half sie ihr, die verblühenden Sträucher und Blumen noch einmal zu inspizieren. Sie genoss es, am Leben zu sein und noch einen weiteren Tag die würzige Herbstluft atmen zu dürfen.

Tante Else liebte den Herbst. Die Tage, bevor die letzten Urlaubsgäste aus dem Tal abreisten und es wieder beschaulich zuging im Ort. Eine Beschaulichkeit, deren Verlust sie wohl am meisten bedauert hatte, in all den Verlusten, die ein alterndes Leben in St. Wolfgang mit sich brachte. Diesen Verlust bedauerte sie spätestens, als die Gemeinde einen Investor tatkräftig dabei unterstützte, ein Kurhotel zu bauen, als ein alpiner Adventmarkt in die Vorweihnachtszeit eingedrungen war und der Ort in der besinnlichsten Zeit im Strom von besinnungslosen Gästescharen aus aller Welt ertrank. Seit damals war endgültig Schluss gewesen mit dem winterlichen Müßiggang. Und vielleicht war es gut so, dass Tante Else nun aus dem Leben geschieden war, denn so blieb ihr die letzte Grausamkeit erspart, die ihr die Dörfler hätten antun können, indem sie auf der freien Wiese vor ihrem Haus ein weiteres Hotelprojekt verwirklichen würden.

Bereits im Jänner verschlechterte ihr Zustand sich, sodass sie nach Bad Ischl ins Krankenhaus verlegt werden musste. Im Februar dieses Jahres schließlich ereilte eine Lungenentzündung seine Tante. Zum ersten Mal seit zwei Jahrzehnten fror der Wolfgangsee auf seiner ganzen Länge zu. Die strahlende Sonne, die sich normalerweise auf einem blitzblanken blauen Winterhimmel breitmachte, blieb in Tante Elses letztem Winter aus. Es hingen für diese Zeit im Jahr ungewohnt tiefe Wolken im Tal, die sich hartnäckig nicht auflösten. Der Ort und der See und die Berge lagen unter einer bleiernen Decke. Die luftig flauschigen Wolken, die während eines gewaltigen Föhnsturms im Dezember über den See gejagt waren, waren längst einer dämmrigen und undurchdringlichen Dunstschicht gewichen. Diese befremdliche Wetterlage trug noch ihres dazu bei, Tante Elses Gesundheitszustand zu verschlechtern.

Katzmeyer besuchte sie, sooft er konnte, im Krankenhaus. Nicht nur, weil sie die Letzte gewesen war, die aus seiner Familie noch lebte, und er ihr letzter naher Verwandter, sondern, weil sie die Letzte von denen war, bei denen er immer gerne einkehrt war. So, wie er nun wieder bei ihr logierte, nur geisterte er nun ohne Tante Elses Anwesenheit seit zwei Wochen durch die verlassene Villa, in der es gespenstisch ruhig war. Nur die Wanduhr tickte noch, so als würde Tante Else doch noch von einem ihrer langen Spaziergänge über den Malersteig, die sie bis zuletzt täglich unternommen hatte, zurückkehren, um sich zu ihrem Neffen auf die Veranda zu setzen und dort eine ihrer von ihm bereits tausendmal gehörten Geschichten zu erzählen. Geschichten, die von diesem absonderlichen Ort und den ihn bewohnenden Menschen handelten, den Veränderungen, die sie bedauerte, und denen, die sie begrüßte.

Doch Tante Else kam nicht mehr zurück.

Die Uhr tickte weiter, und es schien beinahe so, als würde sie jetzt für ihn ticken und ihr Stundenschlag seinen Tag in kleine Häppchen zerteilen, die er abzuleben habe. Jetzt, da seine Tante und seine Frau gestorben und er an den Wolfgangsee gereist war, um Hab und Gut der Tante aufzulösen, als einziger Erbe, war diese Zeit des Alterns und der Ausgesetztheit um ein Jahrzehnt zu früh über ihn hereingebrochen.

Begegnung am Schwarzensee

Es war später Nachmittag, als Katzmeyer zu seinem täglichen Spaziergang zum Schwarzensee aufbrach. Er wollte das Wirtshaus *Zur Lore* aufsuchen, um jenes Glas Wein zu trinken, das er sich nach dem täglichen Ordnen und Ausmustern des Nachlasses seiner Tante redlich verdient hatte. Außerdem bedurfte er dringend Bewegung an der frischen Luft.

Nach gut einer Stunde Fußweg, der ihn durch den Wald von St. Wolfgang ins Schwarzenseetal hinaufführte, trat er auf eine kleine Lichtung hinaus und blickte auf den sich jetzt bereits im Schatten der Spätnachmittagssonne ausbreitenden See hinunter. Im Juli lag der Schwarzensee ruhig im Taleinschnitt. Keine schweren Windböen, die über ihn hinweg jagten, wie beim letzten Mal, als Katzmeyer den Friedhof von St. Wolfgang besucht hatte, wo nun die Urne seiner Tante ruhte. Damals waren die ersten Vorsommerstürme, von den Bergen kommend, die den Schwarzensee wie Wächter umstanden, ins Tal hereingebrochen, hatten das Wasser aufgewühlt, es gepackt, als wollten sie es mit sich zerren. Jetzt, Mitte Juli, roch es nach Sommer, und die trockene Hitze der letzten Tage trieb selbst hier, wo immer ein Hauch von Abendfeuchte die Luft erfrischte, die Grillen zu Höchstleistungen an. Rund um ihn zirpte und surrte es, dass ihm vor lauter Wohlgefühl schwindlig zu werden drohte. Der Mischwald reichte an den meisten Uferzonen bis ans Wasser heran. Nur ein kleines Stück Strand war von dichtem Grün frei geblieben oder vor Jahren ausgeholzt worden, als sie das Wirtshaus *Zur Lore* gebaut hatten. Ein kleiner Strand für die Einheimischen aus St. Wolfgang.

Eine asphaltierte Straße führte hinauf zum See und endete an einem Parkplatz. Dort stand eine Art Zirkuswagen, vor dem schon seit Jahr und Tag ein Mann in Lederhosen arbeitete und für jedes Auto, das hier in den Sommermonaten parkte, abkassierte. Beinahe alles war in diesem heiligen Land kostenpflichtig. Überall war ein Obolus zu entrichten. Nur der See und der kleine Badestrand, auf den nur eine Lücke zwischen zwei abgestorbenen Bäume Einblick gewährte wurden von den Einheimischen ohne monetäre Hintergedanken zur freien Verfügung gestellt. Jetzt, am späten Nachmittag, lag auch der Badestrand vor dem Wirtshaus *Zur Lore* bereits verlassen und gesäubert von Sonnencremen und nackten Oberkörpern wie eine blank geputzte Kulisse da.

Katzmeyer wollte sich nach kurzer Rast wieder in Bewegung setzen, als ein seltsames Unbehagen ihn beschlich. Unvermittelt drehte er sich um, als erwarte er, hinter sich jemanden zu entdecken. Doch da war niemand. Keine Gefahr. Das Licht, die Geräusche, die Gerüche, alles war wie in den letzten Tagen.

Für gewöhnlich konnte Katzmeyer sich auf seinen Instinkt für unvorhergesehene Ereignisse verlassen. Als guter Kriminalist hatte er gelernt, nicht nur seine analytischen Fähigkeiten zu nutzen, sondern auch seiner Intuition zu trauen. Dennoch fühlte Katzmeyer sich nicht wohl bei dem Gedanken, dass er nur eine diffuse Vorstellung von dem hatte, was ihn von einer zur anderen Minute derart in Unruhe versetzte. Immer wieder blickte er sich um, spähte in das sich zwischen den Bäumen ausbreitende Zwielicht des Abends. Doch da war nichts. Er unterdrückte sein Unbehagen und nahm seinen Spaziergang *Zur Lore* wieder auf.

Plötzlich trat von der Seite her ein Mann aus dem Unterholz auf den Weg.

»Grüß Gott, Herr Katzmeyer«, sprach dieser ihn unvermittelt an.

Katzmeyer war sprachlos. Erstaunen, Überraschung und Erleichterung trafen aufeinander. In Erstaunen versetzte ihn die Tatsache, dass hier, mitten in den Wäldern am Schwarzensee, ein ihm völlig Unbekannter ihn namentlich ansprach. Überrascht, beinahe ein wenig eingeschüchtert reagierte er, weil dieser etwas untersetzte, kleine Alte ihn durch sein plötzliches Auftreten aus der Fassung bringen konnte. Und Erleichterung überkam ihn, weil seinem Gefühl des Verfolgtwerdens ein rational erklärbares Phänomen zugrunde lag und sein kriminalistischer Instinkt und sein nüchterner Verstand doch in Ordnung zu sein schienen.

»Guten Tag«, erwiderte Katzmeyer nach einigem Zögern.

»Grüß Gott«, wiederholte der Mann. »Entschuldigen Sie, Herr Katzmeyer, dass ich Sie hier im Wald so unvermittelt überfalle. Aber ich wusste nicht, wie ich sonst mit Ihnen ins Gespräch kommen hätte können.«

»Sie hätten mich in St. Wolfgang besuchen oder auf meiner Dienststelle in Wien anrufen und sich einen Termin geben lassen können«, erwiderte Katzmeyer zurückhaltend.

»Das wäre nicht möglich gewesen.«

Die Höflichkeit und Ruhe des Fremden irritierten Katzmeyer erneut. Obwohl er allen Grund dazu gehabt hätte, auf der Hut zu sein, misstraute er ihm nicht. Hätte der Mann eine angespannte, zugleich abwehrende und dennoch auf ihn zukommende Körperhaltung eingenommen, wäre er vielleicht nicht auf ihn eingegangen, hätte versucht, ihn abzuwimmeln. Doch sein Gegenüber stand einfach nur da. Fest, beinahe wie angewachsen. Unbeirrbar war das Wort, das Katzmeyer in den Sinn kam.

»Warum?«, fragte Katzmeyer.

»In St. Wolfgang wäre es zu gefährlich gewesen. Die Menschen hätten uns miteinander in Verbindung gebracht.«

»Woher wissen Sie, wer ich bin?«

»Nun, in eingeweihten Kreisen sind Sie eine Legende«, schmunzelte der Mann und setzte unaufgefordert seine Personenbeschreibung fort: »Sie gelten als unbestechlich. Es wird von Ihnen erzählt, Sie seien mit einem untrüglichen Gespür für die Wahrheit ausgestattet und ein hervorragender Kombinierer. Das Recht ist Ihnen wichtig. Sie lösen Ihre Fälle nicht nur mit modernen Ermittlungsmethoden, sondern mithilfe eines uralten Prinzips.«

»Und das wäre?«, erwiderte Katzmeyer knapp.

»Sie denken über die Probleme und die Menschen nach.«

»Das machen alle Ermittler«, sagte Katzmeyer.

»Das mag sein. Doch Sie sind bekannt dafür, dass Sie sich nicht von den Konsequenzen Ihres eigenen Denkens abschrecken lassen. Sie gehen jedem Gedanken, der sich in einem Fall fassen lässt, bis zu seinem bitteren und abgründigen Ende nach. Das lässt Sie aus der Masse der Polizisten heraustreten.«

Katzmeyer fühlte sich geschmeichelt.

»Zu viel der Ehre. Sie scheinen sich über mich schlaugemacht zu haben.«

»Wären Sie sich selbst gegenübergetreten, ohne sich vorher Ihre Chancen auf ein Gespräch auszurechnen?«

»Wohl kaum«, gab Katzmeyer zurück.

Jetzt, da der alte Mann ihn in ein Gespräch verwickelt hatte, kam Bewegung in seinen Körper. Er blickte sich kurz um und trat dann einen Schritt zur Seite. Er stand Katzmeyer schräg gegenüber, und dieser war in der Lage, sein Profil zu sehen.

Ein abgearbeitetes Leben, dachte Katzmeyer.

»Ich würde Ihnen gerne von einem Fall berichten – von meinem Fall, eigentlich vom Fall meines Sohnes. Ich weiß, es gibt einen Dienstweg. Aber Sie können sich nicht vorstellen, wie viele Dienstwege ich in den letzten Jahren gegangen bin, ohne auch nur einen Schritt weiterzukommen. Manche Dienstwege waren so verworren, dass sie nicht einmal zur richtigen Ansprechperson führten. Und hatte ich endlich ein Stück Weg hinter mich gebracht, hatte ich endlich die richtige Person vor mir, so hörte mir diese nicht zu. Niemand hört mehr richtig zu, heutzutage. Niemand bringt die Geduld auf, sich eine Geschichte von ihrem Ursprung her anzuhören. Und meine Geschichte liegt weit zurück. Beinahe sechzig Jahre. Wie würden Sie einem Menschen in einer halben Stunde sechzig Jahre nacherzählen?«

»Das wäre schwierig. Zugegeben. Es würde voraussetzen, dass ich einen guten Überblick über die Geschichte habe. Materialien, die zum Wesentlichen hinführen. Ich müsste das nackte Skelett der Geschichte erzählen. Wäre ich davon betroffen, wäre mir das unmöglich.«

»Sehen Sie. Ich habe doch gewusst, dass Sie ein Mensch mit

Verstand sind. Genau da liegt der Hund begraben. Ich bin nicht in der Lage, das Skelett zu erzählen. Meine Geschichte braucht Zeit. Haben Sie Zeit für meine Geschichte, Herr Katzmeyer? Überlegen Sie gut. Ich bin nicht in der Verfassung, meine Geschichte noch allzu oft bis in die letzte Konsequenz zu erzählen.«

Der alte Mann trat beiseite, und Katzmeyer hatte wieder freien Blick auf den See. Er hätte losgehen und den alten Mann zurücklassen können. Er hätte ihn sicherlich passieren lassen. Doch seine direkte, unverblümte Art machte ihn neugierig. Katzmeyer sah den Fremden nachdenklich an. Wollte er die Geschichte überhaupt hören und welche Verpflichtung würde er damit eingehen, fragte er sich. Schließlich war er ja nicht auf Urlaub in St. Wolfgang, er musste den Nachlass seiner Tante ordnen. Er hatte ein Haus auszuräumen und sollte nicht durch den Ort ziehen, um sich alte Geschichten anzuhören.

»Was erwarten Sie von mir, wenn ich Ihnen zuhöre, vom Anfang her«, fragte Katzmeyer. »Und wozu verpflichtet mich mein Zuhören?«

»Grundsätzlich sind Sie mir gegenüber nicht in der Pflicht. Ich habe nichts von Ihnen zu verlangen. Ich habe mir von Ihnen kein Versprechen abzuringen. Machen Sie sich einfach nur ein Bild. Das Einzige, worum ich Sie bitte, ist, hören Sie mir zu, bis ich mit meiner Geschichte zu Ende bin, und entscheiden Sie dann, ob Sie ihr so viel Wirklichkeitsgehalt zubilligen, dass Sie sich für die Aufklärung einsetzen können.«

Katzmeyer war von der Überlegtheit des Mannes beeindruckt. Es war ihm, als läse er seine Worte von einem Blatt ab, als hätte er sie einstudiert und Katzmeyers Antworten und Fragen bereits vorausgeahnt. Trotz allem Wohlwollen, das Katzmeyer dem Fremden entgegenbrachte, wusste er doch, dass er ein Besessener war. Er schien beseelt von einer Mission. Das gefiel Katzmeyer und schreckte ihn gleichzeitig ab. Dennoch überwog die Neugier.

»Wie heißen Sie«, fragte Katzmeyer.

»Erwin Steinwendter.«

»Also, Erwin Steinwendter, lassen Sie uns ein Stück des Weges gemeinsam gehen. Dann können Sie mir von Ihrem Fall erzählen.«

»Würde es Ihnen etwas ausmachen, diesen Weg zum See zu nehmen?« Dabei deutete Steinwendter auf einen von der Forststraße abzweigenden Weg, der ins Tal hinabwies. »Da wären wir ungestört, und ich könnte meine Geschichte in Ruhe erzählen. Wenn Sie sie gehört haben, werden Sie wissen, warum ich so große Vorsicht walten lasse«, sagte Steinwendter.

»Erreichen wir auf diesem Weg das Wirtshaus *Zur Lore*?«, fragte Katzmeyer. »Ich habe dort noch zu tun.«

»Sicher«, gab der Alte zur Antwort.

Erwin Steinwendter setzte sich in Bewegung und ging auf dem Waldweg voraus. Der Weg war breit genug für zwei Spaziergänger. Katzmeyer nahm den Platz an der Linken von Erwin Steinwendter ein. Sie gingen schweigend ein Stück des Weges.

»Erzählen Sie mal, Steinwendter«, forderte Katzmeyer ihn schließlich auf.

»Es geht um meinen Sohn. Er starb vor zehn Jahren«, gab Steinwendter knapp zur Antwort, um dann fortzusetzen: »Er stürzte von einem Felsen am Wirrersteig. Die Polizei und der Gemeindearzt sprachen damals von einem Alpinunfall.«

»Ein Alpinunfall?«, fragte Katzmeyer. »Sie halten mich doch sicher nicht auf einem verlassenen Waldweg auf, um mir auf meinem Spaziergang eine Unfallgeschichte zu erzählen?«

»Da haben Sie recht. Es geht um Gewissheit, um meinen Seelenfrieden und den meiner Tochter und, wenn Sie so wollen, auch um Gerechtigkeit«, sagte Steinwendter.

»Gewissheit?«

»Ob es ein Unfall war.«

»Sie zweifeln daran?«

»Ja. Ich denke, er wurde ermordet«, gab Steinwendter zurück.

»Sie denken?«

»Ja, ich denke. Ich habe den Amtsweg beschritten, um eine Klärung herbeizuführen. Ich weiß, nicht alle Fälle sind klärbar, aber im Falle meines Sohnes Andreas wurde nicht einmal der Versuch einer Klärung unternommen. Und ich denke seit zehn Jahren über jedes Detail nach. Wissen Sie, wie das ist, wenn ein Mann keine Gewissheit über den Tod seines Sohnes erlangen kann?«

»Ich kann es mir zumindest vorstellen. Es muss schrecklich sein, sein Kind zu verlieren und keine Gewissheit über die Umstände, die zu diesem Verlust führten, zu haben. Aber, warum glauben Sie, dass Ihr Sohn ermordet wurde?«

»Ich sage nicht, dass er ermordet wurde. Ich vermute es. Ich möchte einfach eine offizielle, unabhängige Untersuchung, die die letzten Zweifel ausräumt.«

»Gab es damals keine Untersuchung?«

»Nein. Mein Sohn wurde ins Tal gebracht und drei Tage später verscharrt. Ein Alpinunfall eben.«

»Was haben Sie damals unternommen?«

»Die ersten Tage war ich wie tot. Beschäftigt mit Begräbnisfragen. Mit Verwandtenkondolenzen. Mit Telefonabwehr. Doch dann, als alles vorbei war, als der Bub unter der Erde war, der Weihrauch sich verzogen hatte, da haben sich bei mir erste Zweifel geregt. Ich habe über alles noch mal genau nachgedacht. Über die Versteigerung des Hofes und den Tod meines Sohnes. Ich habe angefangen, die Akten und das Tagebuch meines Sohnes zu lesen.«

»Ihr Sohn hat ein Tagebuch hinterlassen?«

»Ja.«

»Haben Sie es bei den Behörden vorgelegt?«

»Nein, denn Sie hätten es sicher gegen ihn verwendet. Mein Sohn hatte schwere Zweifel. Er war nicht gerade ein fröhliches Kind gewesen. Immer ein wenig schwermütig. Als Jugendlicher hat er dann über seine Sicht auf die Welt zu schreiben begonnen. Wie junge Leute halt die Welt heute sehen, verloren und ohne Hoffnung. Doch er hat auch ein paar Angaben zu St. Wolfgang und den Machenschaften in der Gemeinde gemacht.«

»Das hätte die Polizei doch interessiert.«

»Die Polizei«, wiederholte Steinwendter laut lachend. »Sie sind ja nicht nur intelligent, Sie haben auch Sinn für Humor, Herr Katzmeyer.«

»Steinwendter, Sie vergessen, auch ich bin Polizist«, sagte Katzmeyer ein wenig schroffer, als ihm selbst lieb gewesen war.

»Natürlich, Herr Katzmeyer, aber nicht von dieser Polizei. Früher haben die Menschen ja Gendarmarie dazu gesagt. Das klang irgendwie freundlicher, netter. Doch die Freundlichkeit der Gendarmarie von St. Wolfgang, zumindest vom damaligen Gendarmen, der bereits kurz nach dem Tod meines Sohnes an Krebs verstorbene Postenkommandant Bernecker, war nichts weiter als ein Gaukler. Hinter seiner freundlichen Maske verbarg sich die hässliche Fratze eines skrupellosen Erfüllungsgehilfen.«

Die Aussicht, gegen die eigene Kollegenschaft zu ermitteln, erfüllte Katzmeyer nicht gerade mit Freude. Das waren immer die schmutzigsten Fälle, wenn Behörden in ein Verbrechen verwickelt waren, die eigentlich die Aufgabe hatten, die Menschen vor Verbrechern zu schützen.

»Ich weiß, es ist keine angenehme Sache, gegen die eigenen Kollegen zu ermitteln«, setzte Steinwendter fort, als habe er dessen Gedanken erraten. »Doch in meinem Fall, wenn Sie mir Glauben schenken sollten, wird kein Weg daran vorbeiführen. Ich kann verstehen, wenn Ihnen jetzt die Lust daran vergangen ist, mir weiter zuzuhören.«

»Nein, nein«, sagte Katzmeyer. »Sie haben zwar recht, es ist mir nicht angenehm, aber der Beruf, das Ansehen, die Bedeutsamkeit der Täter dürfen nie über die Notwendigkeit der Opfer und ihr Recht gestellt werden, die an ihnen begangene Tat aufzuklären. Dennoch, damit wir uns am Ende nicht missverstehen, ich bin mir nicht sicher, ob ich der richtige Mann für diese Sache bin. Das Gebiet um St. Wolfgang fällt nicht in meinen Zuständigkeitsbereich.«

»Da haben Sie recht, Herr Katzmeyer. Doch ich weiß, dass Sie im Zweifel nicht davor zurückschrecken, sich zuständig zu machen.«

Katzmeyer schien es, als könne er vor diesem Mann nichts verbergen. Die Recherchen, die Steinwendter über ihn angestellt hatte, schienen ebenso gründlich zu sein wie diejenigen, die er für gewöhnlich in seinen Ermittlungen über Täter und Opfer anstellte. Steinwendter war ihm ebenbürtig. Noch selten hatte er einen Menschen erlebt, der bereit war, nicht nur für sich und seinen Fall zu streiten, sondern sich akribisch mit allem, was in Verbindung damit stand und vielleicht einmal stehen könnte, zu beschäftigen.

»Im Augenblick kann ich Ihnen nichts zusagen. Erzählen Sie mir mehr über die Umstände des Todes Ihres Sohnes«, erwiderte Katzmeyer und hatte erstmals wieder einen Blick für den Weg und die Landschaft rund um sich. Der Weg hatte sich ein wenig verengt, machte eine Biegung nach rechts und führte dann steil bergab. Aus dem Zwielicht des Waldes hatte das Sonnenlicht sich zurückgezogen. Dort war die Luft nicht mehr trocken. Zum ersten Mal vernahm er auch das dumpfe Grollen, das sich hinter den Bergen ausbreitete. Er blieb unvermutet stehen und sah auf den alten, kleinen Mann, der unbeirrt weiter einen Schritt vor den anderen setzte.

So als habe er gespürt, dass er den Kontakt zu Katzmeyer verloren hatte, blieb auch Erwin Steinwendter stehen und fragte: »Was ist los, Herr Katzmeyer?«

»Hören Sie es nicht?«

»Ja, ein Gewitter zieht auf. Deshalb habe ich auch diesen Weg gewählt. Er führt zwar steil bergab, aber wir sind schneller am Ziel. Noch bevor der Regen einsetzt, sind wir am See.«

Katzmeyer war neuerlich überrascht, dass Steinwendter trotz des Gesprächs, das doch sehr stark seine Aufmerksamkeit binden musste, den Überblick über die Vorgänge rund um sich nicht verlor. Er selbst hatte nichts von der Veränderung in der Landschaft mitbekommen. Katzmeyer war vollständig in die Geschichte von Steinwendter eingetaucht, und er wusste nicht zu sagen, ob das daran lag, dass der alte Mann hervorragend erzählen konnte, oder ob das, was er erzählte, einfach sein Interesse als Ermittler weckte.

Das Donnergrollen wurde stärker, und Wind kam auf. Zuerst bewegten sich die Wipfel der Bäume nur leicht. Doch innerhalb weniger Minuten bogen und ächzten sie unter den Windböen. Das Rauschen im Unterholz war nach der Stille beinahe unerträglich laut.

»Wie lange noch, bis das Gewitter losbricht?«, fragte Katzmeyer.

»Fünf, zehn Minuten. Es kommt rasch näher.«

»Dann gehen wir«, sagte Katzmeyer.

Zügig schritt Steinwendter den schmalen Weg nach unten voran. Effizient war das Wort, das Katzmeyer zu den Schritten vor ihm in den Sinn kam. Dabei dachte er, dass alles an diesem alten Mann außergewöhnlich sei. Die knappe Sprache, der klare Blick auf seinen Fall. Das alles war nicht, wie er es nach all den Jahren im Kriminaldienst erwartet hätte. Menschen, die wie Steinwendter eine so lange Zeit in Ungewissheit leben mussten, waren meist aufdringlich, verstört, emotionalisiert. Doch Steinwendter war nichts von alldem. Er wirkte konzentriert, ruhig und überzeugt.

Als die beiden Männer aus dem Wald heraustraten, bot sich Katzmeyer ein vollkommen anderes Bild als noch vor wenigen Minuten auf seinem Weg von St. Wolfgang herauf. In kurzer Zeit hatte sich die Waldidylle in ein gefährliches, wildes Sommergewitter verwandelt.

»Sehen Sie da vorne, unten am See, die kleine Hütte? Da können wir für die Dauer des Gewitters Schutz finden.«

»Eine Hütte?«

»Ja«, sagte Steinwendter. »Das Gewitter wird nicht lange dauern. Vielleicht eine Stunde. In der Hütte sind wir in Sicherheit und im Trockenen.«

Während die beiden Männer schweigend der Hütte am See entgegenschritten, kam das Donnergrollen immer näher. Blitze zuckten über den See. Hohe Wolkengebirge türmten sich über den Bergen auf, der See war aufgewühlt, und erste schwere Regentropfen fielen auf die Erde und wurden von dem trockenen Waldboden gierig aufgesogen. Die Bäume knackten, die Büsche rieben sich aneinander. Die aufgeheizte Luft begann, sich mit Feuchtigkeit zu füllen, und legte sich schwer auf Katzmeyers Brust.

Steinwendters Hütte

Katzmeyer schien es, als würde der Weg kein Ende nehmen wollen. Doch nach einer letzten Biegung erreichten sie schließlich das Blockhaus. Es lag am Ende eines Abhangs, mit einer üppigen Wiese davor, seitlich gegen die Berge mit einer Terrasse ausgerüstet und über einen schmalen Schotterweg erreichbar. Dieser war gerade breit genug, um mit einem Fahrzeug zum Haus zufahren zu können. Katzmeyers rechtes Knie, das ihm, seit seine Frau verstorben war, Probleme bereitete, machte sich wieder einmal qualvoll bemerkbar. Es schmerzte, als würde jemand mit einer dünnen Nadel direkt in die Knorpelmasse des Kniegelenks stechen. Der Gewittersturm hatte nichts an Stärke eingebüßt, und die immer dichter fallenden Regentropfen schlugen beinahe waagerecht auf die Körper der beiden Männer ein. Der Regen kühlte die erhitzte Haut des Ermittlers so schnell ab, dass der jähe Temperaturunterschied ihn bald frösteln ließ. Katzmeyer folgte Steinwendter über den Schotterweg zur Hütte. Bei jedem Tritt knirschten die Steine, rieben sich vom Regen geölt aneinander und glitten immer wieder unter seinen Schuhsohlen weg. Über die Wipfel der sich im Sturm heftig neigenden Bäume konnte Katzmeyer auf den im Gewitterlicht daliegenden, gepeinigten See blicken.

Einen schönen Platz hatte der Besitzer sich für den Bau des

Blockhauses ausgesucht, und bei schönem Wetter musste es herrlich sein, hier zu wohnen, dachte Katzmeyer.

Jetzt aber durchzuckten Blitze die nächtlich verdunkelte Landschaft in kurzen Abständen und tauchten sie in grelles Gelb. Dem Ermittler war nicht wohl in seiner Haut, denn seit seiner frühesten Kindheit ängstigte er sich, wenn ein Gewittersturm über das Land zog. Schließlich hatte er Todesangst ausstehen müssen, als damals die Scheune seiner Großeltern durch einen Blitzschlag in Brand geraten war und er sich noch immer im Heu aufhielt, entgegen aller Verbotsregeln. Als das Heu Feuer fing, stieg Rauch auf, und er konnte nichts mehr sehen, nur noch seine lähmende Angst spüren. Doch dann wurde das Scheunentor aufgerissen, und sein Großvater rief nach ihm, holte ihn heraus, brachte ihn ins Haus. Dort setzte er ihn allein auf eine Bank in der Küche und lief wieder hinaus. Seit damals sah Katzmeyer sich bei jedem Gewitter wieder auf dieser Bank in der Küche seines Großvaters sitzen, den Geruch des Rauchs in der Nase, das Prasseln des Feuers im Ohr und die Lähmung seines Körpers nachspürend. Mit der Zeit verschwand das Gefühl der Panik, doch der Geruch des Rauchs und das Gefühl der Schuld blieben.

»Kommen Sie, Herr Katzmeyer«, schrie Steinwendter dem plötzlich stehen gebliebenen Ermittler durch das Donnergrollen zu. Katzmeyer hob den Kopf und blickte auf den alten Mann vor ihm, an dessen Hemd der Wind zerrte und dadurch seinen Körper zu seltsam deformierter Größe aufblies. Steinwendter ließ keine Anzeichen von Unsicherheit oder Angst erkennen. Er stand in der offenen Tür des Hauses und wartete auf den Ermittler.

»Kommen Sie in die Stube«, sagte Steinwendter freundlich,

trat zur Seite und gab die Tür zum Haus frei.

Katzmeyer kam wieder in Bewegung und steuerte mit raschen Schritten auf die Hütte zu.

»Gehen Sie ruhig vor, Steinwendter. Sie kennen sich hier aus. Ich würde nur durch die Dunkelheit stolpern und alles kaputt schlagen.«

Er lachte und merkte sofort, dass dieses Lachen ein Versuch war, die Angst zu vertreiben, die das Gewitter in ihm hervorgerufen hatte. Er musste sich auf Erwin Steinwendter konzentrieren. Er musste bei der Sache bleiben. Manches, was zu Beginn einer Ermittlung gesagt wurde, war von größerer Bedeutung als vieles von dem, was später folgen würde. Übersah er ein Detail, konnte eine Erhebung in eine vollkommen falsche Richtung laufen. Es hing also auch vom Zufall ab, ob der Ermittler die richtigen Informationen aufnahm und sie weiterverfolgte.

Erwin Steinwendter trat vor ihm ins Innere der Hütte. Sie wurden von einem dunklen Wohnraum empfangen. Es roch frisch und angenehm. Katzmeyer wusste selbst nicht zu sagen, warum ihn das überraschte. Er hatte einen nach Moder riechenden, unordentlichen, von Staub überzogenen Unterstand erwartet. Wahrscheinlich hatte das von Steinwendter benutzte Wort *Hütte* bei ihm alle möglichen klischeehaften Phantasien freigesetzt. Der Holzboden unter seinen Füßen knarrte leise. Einzig eine in einer Ecke platzierte Stehlampe verbreitete ein wohliges und warmes Licht. Katzmeyer spürte, wie er sich entspannte. Er konnte endlich wieder seine Sinne und seine Aufmerksamkeit auf die Welt des Erwin Steinwendter richten. Der Wind rüttelte an den Fensterläden, und der Regen prasselte gegen das Fensterglas. Unregelmäßig, hart und laut, dann wieder vollständig aussetzend, um sich schließlich, wieder unvermittelt vom Sturm angetrieben, peitschend und schlagend an der Hütte zu schaffen zu machen.

»Wollen Sie sich nicht setzen, Herr Katzmeyer?«, fragte Erwin Steinwendter. »Ich weiß, die Einrichtung ist spartanisch. Aber einer wie ich, in meiner Lage, braucht nicht viel.«

»Das ist Ihre Hütte, nicht wahr?«, stellte Katzmeyer fest.

»Ja, sie ist alles, was mir geblieben ist. Hütte ist ja etwas untertrieben. Anfangs war es eine Hütte, nun ist es eben ein kleines Blockhaus und mein Zuhause. Seit sieben Jahren lebe ich hier. Seit dem Tod meiner Frau. Setzen Sie sich doch. Meine Tochter versucht, mich immer zu überreden, zu ihr nach Abersee zu ziehen. Sie hat ein großes Haus, wo ich ein Zimmer bewohnen könnte. Das fände ich aber unnatürlich. Die Jungen sollen ihr eigenes Leben haben. Weit weg von alldem hier. Vielleicht später einmal, wenn ich mit allen und allem im Reinen bin, wenn alles aufgeklärt ist, dann werde ich bei ihr ein wenig Ruhe finden, in meinen letzten Tagen.«

Katzmeyer ging zum Tisch, zog einen Sessel heran und setzte sich.

»Sie hat zwei Kinder, wissen Sie. Die sind noch klein, und da würde ein grüblerischer Mensch wie ich nicht dazupassen. Die Kinder sollen ohne den Tod aufwachsen, der allgegenwärtig ist in meinen Tagen. Meine Enkelkinder sollen nicht belastet werden mit den alten Geschichten. Es darf nicht weitergehen. Diese Geschichte muss hier mit mir enden.«

Steinwendter hielt kurz inne und fügte dann hinzu: »Was bin ich bloß für ein schlechter Gastgeber! Meine Tochter sagt das immer. Ein weiterer Grund, allein zu leben. Da muss ich keine Rücksicht nehmen und kann mich ganz meinem Aktenstudium widmen. Wollen Sie etwas trinken? Sie müssen durstig sein.«

Katzmeyer lächelte bei dem Gedanken, dass er jetzt im Wirtshaus *Zur Lore* sitzen und sich ein Glas Weißwein genehmigen könnte.

»Was können Sie mir denn anbieten?«

»Wein, Bier, Wasser«, antwortete Steinwendter.

»Weißwein?«

»Ja.«

»Da nehme ich ein Glas. Das habe ich mir verdient. Es war ein langer Tag.«

»Das haben Sie sich verdient nach diesem langen Marsch mit einem wie mir durch ein heraufziehendes Gewitter. Ich hole nur rasch Gläser«, sagte Steinwendter und verschwand hinter einer der drei aus der Stube führenden Türen.

Als der Alte für ein paar Minuten verschwunden war, konnte Katzmeyer sich im Blockhaus umsehen. Es war geräumiger, als es von außen den Anschein gehabt hatte. In der linken Ecke stand ein gemauerter Kachelofen, der mit Holz zu befeuern war. Es gab einen Fernseher, ein Bücherregal. Ein ganz normales Wohnzimmer. Ein Männerwohnzimmer. Gleich neben dem Eingang befand sich eine Garderobe, an der eine Arbeitsjacke hing, und darunter standen feste Schuhe, wie Katzmeyer sie von den Waldarbeitern her kannte. Erst jetzt, da er allein war, fiel ihm auf, dass er sich eine wichtige Frage noch gar nicht gestellt hatte: Wer war dieser Erwin Steinwendter eigentlich? Er hatte ihn mit seinem unvermittelten Auftreten so rasch für sich eingenommen, dass es ihm gar nicht in den Sinn gekommen war, ihn über seine wesentlichen Personalien auszufragen, was und wo er arbeitete. Das sollte er dringend nachholen. Erwin Steinwendter kam mit zwei Gläsern und einer Flasche Wein zurück in die Stube. Er stellte eines der Gläser vor Katzmeyer auf den Tisch und goss ihm aus der bereits geöffneten Flasche das Glas voll.

»Kein besonderer Tropfen«, meinte Steinwendter entschuldigend. »Im Wirtshaus unten am See gibt es besseren Wein.«

»Schon gut. Ich freue mich zwar immer über einen guten Tropfen, aber wenn es drauf ankommt ... Schließlich ist es doch die Gesellschaft, in der man trinkt, die den Genuss ausmacht.«

»Da gebe ich Ihnen recht«, lächelte Steinwendter und setzte sich Katzmeyer gegenüber. »Auf Ihr Wohl, Herr Katzmeyer.«

»Auf Ihres«, erwiderte dieser.

Das Klirren der Gläser wirkte seltsam unwirklich mitten hinein in die Stille eines aussetzenden Donners. Eine Zeit lang saßen sie sich schweigend gegenüber, so als hätte sie der helle klare Ton wieder darauf zurückgeworfen, dass hier nicht zwei alte Bekannte hockten, um einen angenehmen Abend mit leichtem Geplauder zu verbringen, sondern zwei Männer, die bisher nur durch zwei Dinge verbunden waren: Katzmeyers Profession und die noch nicht erzählte Geschichte des Erwin Steinwendter. Jeder der beiden schien darauf zu warten, dass der jeweils andere das Gespräch eröffnete. Der Regen prasselte unvermindert heftig auf das Dach des Hauses. Doch der Sturm hatte leicht nachgelassen.

»Den Tod eines Kindes vergisst man nicht. Der lastet schwer auf einem«, brach Steinwendter schließlich das Schweigen.

Und er zeichnet sich in den Körper eines Menschen ein, dachte Katzmeyer.

Jetzt, da Steinwendter zu Hause war, er an seinem Tisch saß, wo niemand ihn beobachtete, er vor niemandem auf der Hut sein musste, er mit Katzmeyer unter sich war wie ein konspirativer Geheimniskrämer, schien es dem Ermittler, als würde Steinwendter ein wenig nachgiebiger, offener werden. Alles, was er nun berichtete, erzählte er mit leicht gesenktem Kopf auf die Tischplatte zu. Nur selten hob er ihn, um einen Schluck aus dem Weinglas zu nehmen. Beinahe schien es, als müsse er sich jedes Wort abringen. Die Müdigkeit stand ihm ins Gesicht geschrieben.

»Sechshundert Jahre«, sagte Steinwendter. »Sechshundert Jahre hat meine Familie auf unserem Hof in St. Wolfgang gelebt, bis sie ihn uns weggenommen haben, mir und meiner Frau. Unter dem Hintern haben sie ihn uns wegversteigert. Nur mein Bub hat das alles kommen sehen. Würde er noch leben, hätten wir unseren Hof noch immer. Das haben die genau gewusst. Nur wenn Sie den Buben beseitigen, dann können sie sich den Hof unter den Nagel reißen.«

»Wer sind – die?«, fragte Katzmeyer.

»Der Bürgermeister und die ganze korrupte Bande. Die haben in einem Jahr all das vernichtet, was meine Familie sich über sechshundert Jahre aufgebaut hat. Es gibt nur wenige Familien, die so lange in der Gegend sind wie wir. 1416 wurde dem Ort das Marktrecht erteilt, und in diesem Jahr hat meine Familie ihren Grund und Boden besiedelt, und Sie können sich vorstellen, dass wir alles über St. Wolfgang wissen. Es gibt keine Geschichte aus den letzten hundert Jahren, zu denen ich Ihnen nicht eine Anekdote erzählen könnte. Mein Bub hat sich immer dafür interessiert. Früher habe ich mich mit Leidenschaft für meine Heimat eingesetzt. Wenn jemand schlecht über die Leute in St. Wolfgang geredet hat, dann habe ich das Tal und die Seebewohner verteidigt. Die Sommer sind in meiner Erinnerung angenehm, die Winter lange und hart. Ich weiß natürlich, dass es viele Vorkommnisse gab, die wir nicht hätten unter den Tisch kehren dürfen. Aber bis vor zehn Jahren dachte ich, dass es so etwas wie Solidarität unter den Menschen des Dorfes gibt. Schließlich sind wir ja alle irgendwie miteinander verbunden. Streit hat es immer gegeben. Meist betraf er zwei, drei Leute. Da ging es schon mal zur Sache. Da mussten wir alle einiges einstecken, auch meine Familie. Darüber habe ich mich nie beklagt. Das gehört dazu in einer verschworenen Gemeinschaft. Es gab aber immer den einen oder anderen, der sich um eine Lösung des Konfliktes bemühte. Nie stand einer ganz allein.

Wissen Sie, vor hundert Jahren waren wir nichts weiter als Bauern. Menschen, die ein gutes Leben hatten. Doch dann kamen die Fremden in den Ort. Zuerst in Uniform und mit Gewehr, dann mit Strohhut und Scheckbuch. Seither ist nichts mehr, wie es einmal war. Seit das Scheckbuch in unserem Ort regiert, erleben wir eine Verrohung und eine Rechtlosigkeit, die ihresgleichen sucht.«

»Seit das Scheckbuch regiert?« fragte Katzmeyer.

»Ja. Die Touristen und Zweitwohnbesitzer haben mit ihren Scheckbüchern das Dorf gekauft. Einige Marktbewohner sind dadurch mehr als reich geworden. Na gut, was für mich halt reich bedeutet. Im Verhältnis zu mir leben die wie Gott in Frankreich. Aber, damit Sie mich nicht falsch verstehen, Herr Katzmeyer: Es ist nicht ihr Reichtum, der mich zornig macht. Jeder soll auf seine Art und Weise glücklich sein. Und wenn einer dadurch glücklich wird, dass er alles verkauft, was einmal seiner Familie gehört hat, dann ist das seine Sache. Wenn die Gemeinde nichts weiter im Sinn hat, als noch mehr Touristen ins Tal zu locken, die uns mit den Autos die Luft verpesten und uns bis in die entlegensten Winkel unserer Wälder verfolgen, dann kann ich auch nichts dagegen haben. Schließlich leben die meisten von uns hier gut von den Gästen. Durch den Tourismus konnten die Bauern, die rund um den Markt wohnen, ihre Grundstücke vergolden. Die Dorfbewohner haben sich in ihre Häuser zurückgezogen und diese in Paläste verwandelt. Da war einer wie ich im Weg, der hoch oben wohnte, mit Blick auf den See und die Tourismuszone. Einer wie ich, der nichts weiter wollte, als sein Land zu bewirtschaften, eine kleine Firma zu gründen, die Familie zu ernähren und den Kindern eine intakte Umwelt zu hinterlassen, mit genug Platz, um die Luft frei und ungehindert atmen zu können. Mein Bub, der Andreas, hat genauso gedacht wie ich. Und das wurde ihm zum Verhängnis. Sechshundert Jahre Geschichte und am Ende steht der Mord an meinem Buben durch eine korrupte und ehrlose Bande, die St. Wolfgang im Würgegriff hält.«

»Wie kommen Sie darauf, dass Ihr Sohn ermordet wurde?«, fragte Katzmeyer und war sich durchaus bewusst, dass diese Frage ihn noch ein Stück näher auf den Mann und seine Geschichte zutrieb. Er ließ damit eine Beziehung zu, die Macht über ihn erlangen würde und dass die Geschichte zu seiner Geschichte wurde. Aber er wusste auch, dass es nur zwei Wege gab, mit einem Menschen wie Steinwendter umzugehen. Entweder er stand auf, ließ ihn in der Hütte zurück und versuchte, alles Gehörte wieder zu vergessen, oder er ließ sich auf seine Erzählungen ein, wie abenteuerlich sie auch sein mochten.

»Einfach, weil es zu viele Zufälle in dieser Geschichte gibt.«

»Was haben die Polizei und die Staatsanwaltschaft gesagt?«

»Die Polizei kam zum Tatort, hat ihn in Augenschein genommen, ein paar Fotos gemacht und Andreas dann ins Wirtshaus

Zur Lore gebracht. Drüben, auf der anderen Seite des Sees. Dort haben sie ihn auf einen Tisch in der Wirtsstube gelegt, den Arzt geholt, der hat den Tod festgestellt, und dann haben sie ihn zum Leichenbestatter abtransportiert.«

»Was war die offizielle Todesursache?«

»Gut, dass Sie fragen. Das ist die wichtigste Frage überhaupt. Sie werden sehen, alles in meinem Fall wird Sie immer wieder zu dieser Frage zurückführen. Alle anderen Ereignisse sind die Folge dieser einen Frage.«

»Und wie lautet die Antwort?«, fragte Katzmeyer. »Sie haben doch sicher eine Antwort auf diese Frage.«

»Es gibt zwei Antworten. Die erste stammt vom damaligen Postenkommandanten Fritz Bernecker in St. Wolfgang am Tag des Todes. Der Andreas ist im Wald laufen gewesen. Das hat er gebraucht. Dort hat er sich Luft verschafft, wenn ihm alles zu viel geworden ist. Ich wollte, ich könnte laufen wie er. Oben am Wirrersteig muss er schließlich ins Rutschen gekommen sein. Dort führen zwei Wege parallel an einem einen Abhang. Der herbeigeholte Bernecker stellte fest, dass der Andreas auf dem höher gelegenen Weg gelaufen, dann über die Böschung abgerutscht und auf dem darunterliegenden Weg auf einen Stein aufgeschlagen war.«

»Sie zweifeln an der Aussage des Postenkommandanten?«

»Sehen Sie, es war ein warmer Juliabend vor zehn Jahren. Am Nachmittag hatte es ein Gewitter gegeben, ein leichtes, schnell vorüberziehendes. Es war alles feucht und rutschig. Ich habe ihn noch gebeten, es an jenem Abend bleiben zu lassen. Es sei zu gefährlich, habe ich zu ihm gemeint. Aber er wollte nicht auf mich hören.«

»Das spricht doch alles für die Unfalltheorie. Es hat geregnet, es war rutschig.«

»Ja, Herr Katzmeyer. Auf den ersten Blick scheint alles klar zu sein. Aber hören Sie sich die Geschichte bis zum Schluss an. Als der Gemeindearzt eintraf, war der Bub längst nicht mehr am Unfallort, sondern im Wirtshaus. Der Arzt warf einen kurzen Blick auf die Wunde am Hinterkopf und stellte dann den Totenschein aus. Seit damals frage ich mich, warum er es so eilig hatte, den Fall abzuschließen. Und nicht nur er, sondern auch die Polizei und die Staatsanwaltschaft.«

»Routine, lieber Steinwendter. So geht es zu in diesem Land. Routine ist der Tod jeder Aufklärung«, erwiderte Katzmeyer.

»Dabei war es viel weniger als Routine. So viele Unfälle geschehen bei uns nicht. Aber der Reihe nach. Der Bernecker rief mich an, und ich bin zum Wirtshaus hinaufgefahren. Dort haben sie mir dann die Unfallgeschichte aufgetischt. Ich hatte keine Notwendigkeit, sie zu bezweifeln, bis ich vor zwei Jahren ein Telefax zum Tod meines Sohnes erhalten habe, das eine zweite Darstellung abgibt. Es ist die Beantwortung einer Anfrage, die die Staatsanwaltschaft in Wels an die Polizei in St. Wolfgang stellte, weil ich den ganzen Vorgang von damals in Zweifel gezogen hatte. In dieser Anfragebeantwortung drei Jahre nach dem Tod des Buben hieß es, die Todesursache konnte nicht hundertprozentig geklärt und Fremdverschulden hypothetisch nicht ausgeschlossen werden.«

»Hypothetisch?«, fragte Katzmeyer.

»Ja, so habe ich auch reagiert, als ich das vertrauliche Fax in meinen Händen hielt. Was, bitte, soll hypothetisch heißen? Das ist doch wie mit dem Schwangersein, entweder ist es auszuschließen oder nicht.«

»Da haben Sie recht. Das ist doch zumindest ein seltsames

Ereignis, das hinterfragt werden müsste. Was hat die Staatsanwaltschaft in Wels dazu gesagt?«

»Nichts. Ich konnte sie ja nicht fragen.«

»Warum nicht?«

»Offiziell habe ich dieses Fax doch gar nicht.«

»Wo haben Sie es her?«

»Das kann ich Ihnen nicht sagen. Ich kann Ihnen vorerst nur so viel verraten: Ich mag ja nicht besonders schlau auf die Leute wirken, aber ich weiß, wie es zugeht in der Welt. Ich weiß, wie ein Mensch Informationen bekommt, der wie ich verzweifelt genug ist, sich schuldig zu machen, um die zu überführen, die sich an ihm schuldig gemacht haben. Das alles ist überhaupt nur zu verstehen, wenn Sie die Vorgeschichte zum Tod meines Buben kennen.«

»Vorgeschichte«, murmelte Katzmeyer.

»Die ganze Geschichte ist zwölf Jahre her. Alles hat mit der touristischen Entwicklung der Gemeinde zu tun und dem Größenwahn einiger Unternehmer und Politiker.«

Steinwendter machte eine kurze Pause, hob den Kopf und blickte Katzmeyer direkt in die Augen. Der Ermittler dachte, dass der Mann sich jetzt wohl fragte, ob er ihm noch glauben könne. Und er hatte recht, sich das zu fragen. Verschwörungstheorien haben ihren Ursprung immer in großen Zusammenhängen. In einer Sache war Katzmeyer sich allerdings jetzt schon sicher: Dieses Treffen war von dem alten Mann von sehr langer Hand vorbereitet worden. So seltsam es dem Ermittler auch schien, selbst das Gewitter musste er in seine Überlegungen mit einbezogen haben, denn nur so war es möglich gewesen, ihn in das Haus zu locken und ihn hier lange genug festhalten zu können, um ihm von den Geschehnissen zu erzählen, ihn für sich einzunehmen. Daher war es ihm wichtig, dass zumindest zwischen ihnen kein Verdacht bestand, und er musste wissen, ob er dem alten Mann vertrauen konnte. Kurz entschlossen konfrontierte er Steinwendter mit seinen Vermutungen.

»Steinwendter, Sie haben diese Begegnung von langer Hand vorbereitet, oder?«

»Ja«, gab dieser unumwunden zu.

»Woher wussten Sie, dass es ein Unwetter gibt?«

»Einer, der wie ich sein ganzes Leben in dieser Gegend verbracht hat, der fünfzig Jahre auf einem Hof und mit der Natur gelebt hat, weiß die Zeichen eines heraufziehenden Wetters zu deuten. Stunden, bevor einer wie Sie, ein Landfremder, auch nur erahnen kann, was sich über ihm zusammenbraut. Ich wusste, dass dieses Gewitter kommen würde und wann. Ich bin kein Bauerntölpel. Ich nutze alle mir zur Verfügung stehenden Mittel, Statistiken ebenso wie Internetdatenbanken, die mir helfen, den Fall aufzuklären. Ich bin nicht so borniert wie die anderen in diesem Ort. Ich bin bereit zu lernen. Und so alt ich auch sein oder erscheinen mag, wenn es ums Lernen geht, kann ich es mit jedem der Jungen aufnehmen.«

Erwin Steinwendter stand unvermittelt auf: »Kommen Sie bitte mit, Katzmeyer, ich zeige Ihnen etwas, das noch nicht einmal meine Tochter kennt.«

Katzmeyer war sich nun sicher, dass es zwischen ihnen eine beständige und gesunde Vertrauensbasis gab, auf der sich ein Fall aufbauen ließe. Vor allem die Selbstverständlichkeit, mit der Steinwendter den Titel Herr in der Anrede weggelassen hatte, und das trotz der prüfenden Frage von Katzmeyer, überzeugte ihn, Steinwendter das gleiche bedingungslose Vertrauen entgegenzubringen, das dieser für ihn aufbrachte. Solange er keinen Gegenbeweis für eine aktive Lüge des alten Mannes erhalten würde, könnte er dessen Fall unvoreingenommen verfolgen.

Das Archiv

Erwin Steinwendter verschwand durch eine der drei aus der Stube weiter ins Innere der Hütte führenden Türen. Offenbar war er sich sicher, dass Katzmeyer ihm folgen würde, da er sich nicht nach dem Ermittler umblickte. Katzmeyer erhob sich und folgte dem alten Mann. Er betrat eine Abstellkammer, von der aus eine Treppe bis unters Dach führte. Langsam stieg er diese hinauf. Die Bretter knarrten lauter als jene in der Stube. Das Holzgeländer war alt, aber in gepflegtem Zustand. Oben angekommen, stand er in einem schmalen lichtlosen Korridor, von dem aus zwei Türen in Nebenräume führten. Die linke war verschlossen. Dahinter vermutete Katzmeyer das Schlafzimmer.

»Kommen Sie, Katzmeyer«, rief Steinwendter aus dem Raum, zu dem der rechte Zugang führte. Katzmeyer bückte sich, um seinen Kopf nicht an der niedrigen Tür zu stoßen, und trat ein. Er traf auf ein funktional eingerichtetes, aber dennoch gemütliches Zimmer. Obwohl der Begriff Zimmer ihm viel zu groß erschien für die kleine Dachkammer.

»Hier arbeite ich. Das ist mein Archiv«, erklärte Steinwendter und zeigte dabei auf einen Tisch mit Sessel, Computer, Drucker, ein paar übereinandergestapelten Büchern und einem offenen Aktenordner, den Steinwendter zuklappte, als Katzmeyer den Raum betrat. Ein wenig abseits stand ein Lehnsessel, der zur genussvollen Lektüre eines Buches einlud. Daneben leuchtete eine Stehlampe wie schon in der Stube zu ebener Erde. Steinwendter musste sie eingeschaltet haben, gleich nachdem er den Raum betreten hatte.

Katzmeyer durchschritt, den Rücken gebeugt und den Kopf immer noch eingezogen, die Archivkammer und steuerte direkt auf das Dachbodenfenster zu. Er blickte hinaus und konnte den aufgewühlten See durch die Wipfel der Bäume sehen. Der Sturm hatte nachgelassen, und der dunkle, beinahe schwarze Himmel war mit einem Hauch von Grau überzogen. Die heftig gegen die Fenster peitschenden Regentropfen waren einem feinen Sprühregen gewichen, der kaum merklich die Scheiben benetzte. Die Wipfel wiegten sich nur noch leicht im Wind, und hinter den Bergen konnte Katzmeyer bereits die ersten Anzeichen eines heraufdämmernden Gewitters erkennen. Bald würde die Dunkelheit der Nacht hereinbrechen, eine sanftere Dunkelheit als die, die ihn hierhergetrieben hatte, in diese Hütte, auf diesen Dachboden, zu Steinwendter und seinem toten Sohn.

»Gespenstisch«, sagte Katzmeyer zu sich selbst und merkte zu spät, dass er, versunken in die Szenerie am See, das Wort gespenstisch laut ausgesprochen hatte.

»Ja«, nickte Steinwendter, »beängstigend.«

Katzmeyer drehte sich um und blickte Steinwendter an. Er konnte nicht genau sagen, ob seine Zustimmung sich auf das Gewitter, die Situation der zwei Männer in der Archivkammer oder den Fall bezog. Katzmeyer war bereits so weit, dass er von einem Fall ausging, wo vielleicht noch gar keiner zu finden war. Um sich aus seinen sich immer stärker verirrenden Gedanken zu lösen, zeigte er auf eine Regalwand, die an der rechten Seite unterhalb der Dachbalken platziert war: »Und was ist das hier?«

»Das ist das Leben meiner Familie. Gesammelt in Akten und Büchern. Hinterlassenschaften und Schriftstücke. Setzen Sie sich bitte, Katzmeyer. Der Raum ist Ihrer Größe nicht angemessen.«

Erst jetzt kam Katzmeyer zu Bewusstsein, dass er schon eine geraume Zeit lang gebückt herumstand. Den Kopf eingezogen, die Schultern nach vorne gebeugt, um an keinen der Balken oder Bretter anzustoßen. Nun wurde auch der Größenunterschied zwischen den beiden Männern augenscheinlich, denn Steinwendter musste sich kaum verkrümmen, um in diesem Raum aufrecht stehen zu können. Katzmeyer zog einen Sessel heran und ließ sich darin nieder.

Er faltete seinen langen Körper zusammen und platzierte ihn vorsichtig auf den Sessel. Unvermittelt fragte er Steinwendter: »Wer ist Ihr Verdächtiger, Steinwendter? Einer wie Sie, der hat doch einen Verdacht, der weiß etwas, der ist nicht auf Vermutungen angewiesen.«

»Würde ich Ihnen meinen Verdächtigen nennen, Sie könnten nicht mehr unvoreingenommen ermitteln.«

Steinwendter hatte recht. Katzmeyer musste von den vorhandenen Fakten ausgehen und sich seine Verdächtigen selbst erarbeiten. Schritt für Schritt die Tat rekonstruieren. Und er würde auch auf den Zufall hoffen müssen, denn zehn Jahre waren eine lange Zeit, und es gab keinerlei Ermittlungen, wenn er den Worten des alten Mannes trauen durfte.

»Ich werde Ihnen erzählen, was immer Sie wollen, Katzmeyer. Solange es nicht die unmittelbaren Umstände des Todes meines Sohnes betrifft. Sie verstehen das doch, oder?«

»Ja, Steinwendter. Ich kann Sie gut verstehen, auch wenn es mir die Arbeit nicht gerade erleichtert. Sie haben recht. Also, nochmals von vorne. Sie haben in der Stube davon gesprochen, dass es eine zu große Anhäufung von Zufällen in Ihrem Fall gäbe. Was meinen Sie damit?«

»Alles begann vor sechzig Jahren. Das ist auch der Grund, warum keiner die Geschichte versteht, weil keiner zu ihrem Ursprung zurückkehrt. Vor sechzig Jahren hat mein Großvater den Hof an meinen Vater übergeben. Ich war damals fünf Jahre alt. Er übergab jedoch nicht an den ältesten Sohn, wie es üblich war, der wollte ihn nicht, sondern an den jüngeren. Der ältere Sohn stellte nur eine Bedingung, er wollte ausbezahlt werden. Damals, nach dem Krieg, war Geld knapp. Es ging um drei Millionen Schilling.«

»Eine Menge Geld damals. Woher hat Ihr Vater das genommen?«

»Die Hälfte hat er als Darlehen aufgenommen bei der örtlichen Bank und die andere Hälfte als zinslosen Kredit bei seinem Cousin, der damals auf dem Nachbarhof wohnte und besser durch den Krieg gekommen war als er selbst. Alles ging gut. Bis vor zwanzig Jahren mein Vater starb.

Ich übernahm die Schulden und arbeitete sie Monat für Monat ab. Vor zwölf Jahren schließlich beschlossen mein Sohn und ich, den Hof als Biobauernhof auszubauen. Und damit begannen unsere Probleme. Wir mussten neuerlich Kredite aufnehmen und baten den Sohn des Cousins meines Vaters, den aus früheren Zeiten stammenden Kredit für zwei, drei Jahre auszusetzen. Der erklärte sich damit einverstanden. Ein Jahr später hatte er einen schweren Unfall. Er musste die Bewirtschaftung des Hofes aufgeben und verkaufte ihn an die Familie Lobner.

Auch der Wechsel, den wir für unsere Schulden unterschrieben hatten, wurde an die Lobners weitergereicht, die in den letzten Jahren zu den größten Bauunternehmern der Region aufgestiegen sind. Gleichzeitig trat der Lobner Hans an mich heran, ob ich denn nicht auch meinen Hof an seine Baugesellschaft verkaufen wolle. Ich lehnte dankend ab.

Was ich zu diesem Zeitpunkt noch nicht wusste, war, dass die Bank von St. Wolfgang alle Grundstücke rund um unseren Hof aufgekauft hatte, so auch den Grund der Lobners und unsere Schulden. Nun waren wir mit all unseren Krediten bei der Bank in St. Wolfgang gelandet. So kann es kommen, wenn der Mensch nicht aufpasst.

Wir haben natürlich alle Hebel in Bewegung gesetzt. Doch die Vorgangsweise entsprach geltendem Recht, auch wenn sie moralisch mehr als fragwürdig war. Bis zu dem Tag, als die Bank an uns herantrat und uns mit unseren Gesamtverbindlichkeiten konfrontierte. Ich kann Ihnen sagen, Katzmeyer, das war ein Schock, als ich erfuhr, dass meine Kreditraten plötzlich um einiges höher lagen als noch im Jahr davor.«

»Und was haben Sie getan?«

»Ich habe das alles rechtlich angefochten. Doch da war nichts zu machen.«

»Aber was wollte die Bank mit all den Grundstücken?«

»Das habe ich dann ein halbes Jahr später herausgefunden, als die Bank meinen Kredit fällig stellte. Die Bank wollte ein Hotelprojekt umsetzen, das der Bürgermeister mit dem Bankdirektor und dem Baumeister Hans Lobner geplant hatte. Die Planungen waren längst abgeschlossen, nicht einmal der Gemeinderat wusste davon. Das Einzige, was ihnen noch fehlte, um das Genehmigungsverfahren in Gang zu setzen, war mein

Hof. Das jetzt auf der Roith stehende Kurhotel hat mir meine Existenz geraubt. Es begann eine einjährige Hölle für mich. Ein Jahr, in dem sich jeden Tag mein Schicksal und das meiner Familie, noch mehr, das meiner Geschichte, meiner Vergangenheit entscheiden konnte. Das hat meiner Frau aufs Herz geschlagen. Auch ihren Tod hat diese ehrlose Bande mitzuverantworten. Dass ich noch lebe, ist nur meiner guten Konstitution geschuldet. Aber fragen Sie mich nicht, was für eine Art von Leben ich seither führe.

Als Erstes kam die Bank und stellte den Kredit fällig, da ich aufgrund der angewachsenen Rückzahlungen zwei Monate im Verzug war. Sie können sich vorstellen, dass wir so viel Geld auf einmal nicht auftreiben konnten. Also sind wir zur Bank betteln gegangen. Die wollte aber nicht nachgeben, da wir keine Sicherheiten mehr anbieten konnten. Der Hof war durch Umbauten und Ausbauten belastet.«

»Sie reden aber nicht vom Vorstandsdirektor Josef Stanglmeyer?«, fragte Katzmeyer.

»Genau der hat alles eingefädelt.«

»Den kenne ich«, fügte Katzmeyer hinzu. »Kein angenehmer Zeitgenosse.«

»Das hat Andreas auch gesagt. Und weil er das wusste, hat er versucht, Geld aufzutreiben. Sogar einige seiner alten Studienkontakte an der Universität hatte er bemüht und tatsächlich eine Freundin gefunden, die ihm das Geld geliehen hätte. Ein zinsloses Darlehen als Investition in den Biohof, den wir, wenn auch mit Schwierigkeiten, noch halten konnten. Voraussetzung wäre gewesen, dass ich den Hof an Andreas übergeben hätte. Das wäre mir kein Problem gewesen.«

»Und was hat der Stanglmeyer dazu gesagt?«

»Der blieb hart. Noch am selben Tag, als Andreas die gute Nachricht erfuhr, ist er zum Stanglmeyer gefahren und hat ihm davon erzählt. Er hat sich mit ihm im Ort getroffen und versucht, ihn zu überzeugen. Ich weiß nicht, was die beiden besprochen haben. Jedenfalls ist Andreas danach wütend und aufgebracht nach Hause gekommen. Ich wollte noch mit ihm reden, aber er hat gesagt, er müsse noch wohin, und ist mit seinem Auto davongefahren. Das war das letzte Mal, dass ich ihn lebend gesehen habe. Spät am Abend hat die Polizei von St. Wolfgang mich dann darüber in Kenntnis gesetzt, dass mein Sohn am Schwarzensee vom Wirrersteig abgestürzt sei. Das kann doch kein Zufall sein?«

»Zugegeben«, erwiderte Katzmeyer. »Aber warum haben Sie den Hof verloren?«

»Zuerst hat die Freundin ihre Zusage zurückgezogen. Dann kam das Begräbnis, und ich war vollkommen durch den Wind. Ich habe keine Rechnungen mehr bezahlt. Alles blieb liegen. Gleichzeitig hat die Bank die Zwangsversteigerung eingeleitet, und drei Wochen später war der Hof verkauft.«

»An wen?«

»An den Hans Lobner, der mittlerweile eine Betreibergesellschaft gegründet hatte. Doch auch das haben wir erst später erfahren. Ersteigert wurde er von einem Strohmann aus Ebensee. Doch das war noch nicht alles. Nur eine Woche später verkaufte die Bank alle Grundstücke im Paket an Lobners Betreibergesellschaft des Kurhotels. Bereits zwei Monate später fiel der Gemeinderatsbeschluss, und die Baugenehmigung wurde erteilt.«

Katzmeyer schwieg betroffen. Er wusste, dass sich das alles nach einer ungeheuerlichen Verschwörungstheorie anhörte.

Wieder blickte er Steinwendter an und versuchte zu ergründen, ob dessen Erzählung nur die Ausgeburt seiner Phantasie war oder einen realen Kern besaß. Menschen, die Angehörige verloren, neigten dazu, anderen die Schuld für Ereignisse zu geben, um das Geschehene verarbeiten zu können.

»Das war von langer Hand vorbereitet. Sie haben mich ins offene Messer laufen lassen«, tönte Steinwendter, um seine Argumente zu untermauern.

»Aber der Tod von Andreas kann dennoch eine wenn auch unglaubliche Zufälligkeit in der Abfolge der Ereignisse bedeuten.«

»Diese Aktenordner belegen jede Transaktion, jeden Briefwechsel, seit vor zehn Jahren die ganze Sache ins Rollen gekommen ist. Dass trotz mehrmaliger Hinweise auf die Vorgänge niemand eine Untersuchung eingeleitet hat, untermauert meinen Verdacht am meisten. Warum ohne Zögern auf einen Alpinunfall getippt wurde.«

»Sie müssen mir die Akten zeigen«, forderte Katzmeyer.

»Das kann ich nicht. Sie wissen nun genug, um mit Ihren Ermittlungen zu beginnen. Ich habe Ihnen den Weg ohnehin schon sehr weit verkürzt. Mehr kann ich für Sie nicht tun, ohne Sie mit meinen Theorien allzu sehr zu beeinflussen.«

Nun war Katzmeyer vollends verblüfft. Der Mann, der vor ihm stand, blieb vollkommen ruhig und verweigerte ihm den Zugang zu seinen Materialien. Er hätte gedacht, dass er, um ihn sicher auf seine Seite zu ziehen, wundersame Worte sprechen und die Akten vor ihm ausbreiten würde. Doch genau das Gegenteil war eingetreten. Er zog sich zurück und überließ Katzmeyer die Entscheidung, halste ihm all die Arbeit auf, die er selbst längst erledigt hatte.

»Lieber Steinwendter, ich will ja nicht Ihre Strategie in Zweifel ziehen, die Sie sich zurechtgelegt haben, um mich rumzukriegen, aber ganz ohne Beweis, ohne auch nur ein Stück Papier gesehen zu haben, kann ich Ihnen keine Zusage geben, dass ich Nachforschungen anstellen werde. Wenn Sie wirklich gründlich über mich recherchiert haben, dann werden Sie wissen, dass ich kein gläubiger Mensch bin. Nicht, dass ich Ihren Worten misstraue, aber ich brauche einen Beweis für das, was Sie behaupten.«

Erwin Steinwendter blickte Katzmeyer an, und dieser wusste nicht zu sagen, was er damit bezweckte. Erforschte er seine Aufrichtigkeit, seine Reaktion auf den durchdringenden Blick und damit seine Standhaftigkeit?

Noch bevor Katzmeyer zu einem Ergebnis gekommen war, wandte Steinwendter sich dem Tisch zu, und erst jetzt fiel dem Ermittler auf, dass der Raum von einem leisen, anhaltenden Surren erfüllt war, das sich plötzlich in ein Rauschen verstärkte, als Steinwendter sich an den Schreibtisch setzte und den Computer aus der Stand-by-Funktion in den Arbeitsmodus brachte.

»Ich werde Ihnen ein paar Bilder zeigen«, meinte Steinwendter knapp.

Katzmeyer stemmte sich aus dem Sessel hoch, auf dem er die ganze Zeit über beinahe regungslos verharrt hatte. Erst jetzt, da er sich bewegte, spürte er die Müdigkeit, die sich in ihm ausgebreitet hatte. Sein Knie schmerzte, und er wusste, dass es Zeit wurde, sich auf den Heimweg zu machen. Mit einem Mal fühlte er eine unglaubliche Sehnsucht nach seinem Zimmer im Dachstuhl seiner verstorbenen Tante Else, das er in den letzten Tagen immer wieder verflucht hatte, weil die Matratze des Bettes zu weich, das Bett zu kurz und die Luft im Raum zu stickig gewesen war.

»Sehen Sie her«, rief Steinwendter und räumte den Platz vor dem Computer, um Katzmeyer den Blick auf den Bildschirm freizugeben.

Der Ermittler konnte einen jungen Mann erkennen, der an einem Baumstamm lag, die Hände um diesen schlingend, verkrümmt und den Hinterkopf blutverschmiert.

»Sind das Tatortfotos?«, fragte Katzmeyer. »Wo haben Sie die denn her?«

»Aus dem Akt der Polizei«, sagte Steinwendter.

»Wie sind Sie denn an die rangekommen?«

»Das wollen Sie gar nicht wissen«, sagte Steinwendter.

Katzmeyer nickte. Er hatte in seiner Laufbahn die absonderlichsten Wege kennengelernt, wie Opfer und Täter sich Materialien in den unterschiedlichsten Amtsstuben beschaffen konnten. Im Sicherheitsapparat war von Sicherheit keine Spur. Genauso gut könnte die Polizei alle vertraulichen Materialien auf einer Webseite veröffentlichen. Das würde nicht nur die Transparenz fördern, sondern jeder kriminellen Energie ihre Quelle entziehen.

»Schauen Sie, in welcher Position die Leiche meines Sohnes ist«, forderte Steinwendter den Ermittler auf und zwang ihn dadurch, sich zu konzentrieren. »Finden Sie nicht auch, dass er für jemanden, der einen Abhang hinuntergestürzt sein soll, seltsam zu liegen gekommen ist?«

Katzmeyer musste zugeben, dass dieses und auch die folgenden Bilder, die er sich ansah, mehr Fragen aufwarfen als Antworten gaben.

»Kann ich davon eine Kopie haben?«, fragte Katzmeyer.

»Nein«, gab Steinwendter direkt und ohne Umschweife zur Antwort.

»Warum nicht?«, fragte Katzmeyer.

»Wenn Sie Beweise sehen wollen, gehen Sie zu den Behörden. Der Weg durch diesen Dschungel wird Ihnen viel über den Fall verraten. Mehr als die Beweise selbst.«

»Ist das Ihr letztes Wort, Steinwendter?«

»Ja. Gehen Sie den Weg, den ich gegangen bin, und Sie werden den Mörder meines Sohnes finden. Wenn nicht, dann ist mir nicht mehr zu helfen.«

»Dann ist es Zeit aufzubrechen. Das Gewitter hat sich verzogen. Der Regen hat aufgehört.«

»Ich werde Sie in den Ort begleiten«, sagte Steinwendter.

Katzmeyer bedankte sich, stand auf und stieg als Erster die Treppe hinunter. Er ging, von Steinwendter gefolgt, zur Haustür, öffnete sie und trat hinaus auf den Schotterweg. Die Wolken hatten sich nun gänzlich verzogen, und das Grau am Himmel war einem dämmrigen Blau gewichen. Die Luft war kühl und klar. Sie roch sauber und frisch. Die trockene Hitze war gesättigt mit Feuchtigkeit. Der Waldboden dampfte.

»Wohin müssen wir gehen?«, fragte Katzmeyer.

»Ich fahre Sie«, erwiderte Steinwendter.

»Sie haben ein Auto?«

»Nach drei Stunden mit mir in meiner Hütte glauben Sie immer noch, dass ich wie ein Hinterwäldler lebe? Natürlich habe ich ein Auto. Es parkt hinterm Haus.«

»Haben Sie nicht Angst, dass wir im Ort gemeinsam gesehen werden könnten?«

»Nein«, erwiderte Steinwendter, während er Katzmeyer winkte und hinter das Haus ging. »Heute ist Sommernacht in

St. Wolfgang, da treiben sie die Touristen durch die engen Gassen, und alle sind berauscht von der Feststimmung und vom Alkohol, der nötig ist, um sie zu ertragen. Ich weiß ein Plätzchen, wo ich Sie absetzen kann und Sie es nicht weit bis zum Haus Ihrer verstorbenen Tante haben. Herzliches Beileid übrigens.«

»Danke«, erwiderte Katzmeyer.

Sie stiegen in das schwarze Auto, das so alt zu sein schien wie sein Besitzer. Steinwendter startete und fuhr los. Der Motor lief ruhig und gleichmäßig, während sie über die Forststraße den See entlangfuhren, bis zur asphaltierten Höhenstraße, die nach St. Wolfgang hinunterführte. Katzmeyer merkte wieder, wie müde er war. Er blickte aus dem Seitenfenster und beobachtete, wie der Wald an ihm vorbeizog. Der Wald, der am Nachmittag noch unschuldig gewesen war, noch kein Wald war, in dem es Opfer zu beklagen galt. Für ihn war es schwierig, die Welt als eine Welt zu sehen, die rein und makellos war. Egal, wohin er auch immer gerufen wurde, er betrat immer Tatorte. Gegenden, die den Ruf von Sauberkeit, Heiterkeit und Gerechtigkeit hatten, verwandelten sich bei seinem Auftreten in eine Welt von Schuld und Sühne. Katzmeyer konnte diesen Wald nicht mehr ansehen, ohne an Andreas Steinwendter und seine letzten Stunden zu denken. Spätestens jetzt wurde ihm klar, dass er weit genug in den Fall vorgedrungen war und dass er die Vorgänge rund um die letzten Stunden des Andreas Steinwendter klären wollte. Er blickte kurz zu seinem Fahrer hinüber, der konzentriert und schweigend den Wagen nach St. Wolfgang lenkte. Steinwendter hätte es nach all den Jahren verdient, dass jemand sich um den Tod seines Sohnes kümmerte, damit der Wald um St. Wolfgang, wenn schon nicht seine Unschuld, dann doch seine Ruhe zurückbekommen könnte.

Vor ihnen tauchten die ersten Lichter von St. Wolfgang aus der in Dunkelheit versinkenden Landschaft auf. Am Hügel über dem See flimmerten die zahllosen kleinen Lichter des Kurhotels, das er nun nicht mehr ansehen, das er nicht mehr betreten können würde, ohne an den alten Steinwendter zu denken, an sechshundert Jahre Erbtradition in St. Wolfgang, die innerhalb nur weniger Wochen ausgelöscht worden war, um ein Hotel zu bauen.

So hing alles miteinander zusammen, dachte Katzmeyer. Und niemand machte sich eine Vorstellung davon, wie die Veränderung einer Landschaft eine Familie auslöscht und Menschen das Leben kostet.

Eine Freundin aus Kindertagen

Nach einer kurzen und unruhigen Nacht erwachte Katzmeyer mit Schmerzen. Der rasche Abstieg zur Hütte hatte seinen lädierten Knochen schwer zugesetzt. An seinem linken Knie zeigte sich eine leichte Schwellung. Von einer Dusche, die er sich genehmigte, nachdem er endlich aus dem Bett gekrochen war, hatte er sich zuerst Linderung versprochen, doch sie half nicht. Auch ein kalter Lappen, den er sich um sein Knie wickelte, brachte keine Besserung. Die Schwellung blieb, also konnte er nichts anderes tun, als mit diesem sichtbaren Zeichen seiner Überanstrengung den Tag zu beginnen. Katzmeyer vermied es, sein schmerzendes Knie zu belasten, und hinterließ so den Eindruck eines schlurfenden und zugleich humpelnden Riesen. Sein Knie pulsierte und brannte. Dennoch schleppte er sich die steile Treppe vom Dachboden in den ersten Stock, wo sich die Küche befand, und machte sich in der altmodischen Kaffeemaschine der Tante seinen Frühstückskaffee. Die Wanduhr zeigte sieben Uhr. Eigentlich zu früh, um im Urlaub schon wach zu sein.

In einer Stunde würde er Besuch von der ehemaligen Zugehfrau seiner Tante bekommen. Vom Kühlschrank war nicht viel Trost zu erwarten: Eier, ein wenig Wurst und Käse. Ein

Stück Brot mit fettarmer Butter und Marmelade. Eine Schüssel Obst. Katzmeyer bereitete sich ein Müsli mit Joghurt zu. Naturjoghurt. Hätte jemand ihm vor fünf Jahren prophezeit, dass er sich am Morgen ein derart gesundes Frühstück zumuten würde, hätte er ihn ausgelacht. Doch der Raubbau, den er die letzten zwei Jahre an seinem Körper verübt hatte, veranlasste ihn zur Umstellung seiner Nahrungsaufnahme. Ein kluger Mann hatte mal zu ihm gesagt: Wenn der Mensch jung ist, hat er auch Schmerzen, doch im Alter gehen sie nicht mehr weg. Nun musste er das am eigenen Leib erfahren.

In Gedanken ging er noch einmal den gestrigen Abend durch. Er musste sich eingestehen, dass die Geschichte zu viele Zufälle enthielt, um sie ignorieren zu können. Denn wenn sich diese häuften, war dies immer ein Anzeichen für ein Verbrechen. Nicht immer für Mord, aber für ein Vergehen, und wenn es nur ein Betrug oder eine Notlüge war. Immer häuften sich an Kristallisationspunkten der Unaufrichtigkeit unerklärliche Zufälle an.

Katzmeyer war zwar für den Fall nicht zuständig, aber durfte er sich einer derart eindringlichen Bitte, wie sie von Erwin Steinwendter an ihn herangetragen worden war, verwehren? Ein Mensch, der von Gott, der Welt und dem Rechtsstaat im Stich gelassen worden war, durfte nicht einfach aufgegeben werden. Schließlich wollte er nichts anderes als die Wahrheit erfahren.

Katzmeyer wusste, dass die Wahrheit schwer zu finden sein würde, in einem Fall wie diesem, bei dem zehn Jahre zwischen der Tat und neuerlichen Ermittlungen lagen, bei dem kaum eingehende Untersuchungen zum Zeitpunkt des Todes gemacht worden waren. Und das war es, was Katzmeyer so unruhig machte, was ihn letztlich immer wieder in die Hütte zurückführte: Warum wurde keine Ermittlung durchgeführt, wenn Fremdverschulden hypothetisch nicht ausgeschlossen werden konnte? Warum hatten die örtlichen Behörden es so eilig gehabt, den Fall als Alpinunfall einzustufen, wo sie doch von der Familie auf Ungereimtheiten hingewiesen wurden? War das eine Verkettung unglücklicher Zufälle, lag es am Dilettantismus der Behörden, oder steckte hinter den wachen Augen des Erwin Steinwendter nicht doch eine scharfsinnige Beobachtungsgabe, die vermuten ließ, dass hier mehr vorgefallen war als ein bloßer Sturz über eine Böschung?

Schon als er aus dem Wagen von Steinwendter ausgestiegen war und sich vom Rand der Ortschaft zur Villa aufgemacht hatte, knüpfte er weiter an dem Band, das Steinwendter ihm in die Hand gegeben hatte. Er wusste, dass noch einige Knotenpunkte fehlten, doch dass die einzelnen Knoten in diesem Fall miteinander verbunden waren, war Katzmeyer bereits klar geworden, als er den Weg durch den Ort bewältigte, der am Abend wie ein Tollhaus wirkte. Sommernacht in St. Wolfgang. Überall flanierende Pärchen, kreischende Kinder, johlende und betrunkene Jugendliche. Zu Hause angelangt, hatte der Fall Steinwendter sich längst in Katzmeyers Gedanken festgekrallt.

Er schob die Tasse Kaffee zur Seite und holte ein kleines Notizbuch aus der Lade des Küchentisches, um sich eine Liste der zu erledigenden Dinge zu notieren. Als Erstes musste er sich die wesentlichen Daten zu Steinwendters Leben besorgen, um sich einen Überblick über dessen Angaben zu verschaffen. Er musste seine Glaubwürdigkeit überprüfen. Abgesehen davon, brächte das eine wunderbare Gelegenheit, mit seinem Kollegen Sonnleithner ein unverbindliches Gespräch zu führen, ohne dass es so wirken würde, als wolle er ihn in seiner Abwesenheit überwachen. Sonnleithner war nun das dritte Jahr in seiner Abteilung, und längst hatte er ihn zu seinem Nachfolger auserkoren. Ein unglaublich talentierter Kriminalbeamter, der wie kein Zweiter in der Lage war, nützliche von unnützen, wichtige von unwichtigen, sachliche von emotionalen Informationen zu trennen. Er war mit den modernsten Ermittlungstechniken vertraut und konnte jede Information in wenigen Stunden besorgen, für deren Beschaffung Katzmeyer früher tagelang in Archiven herumlungern musste.

Unwillkürlich griff Katzmeyer zum Telefon. Jetzt war er in seinem Element. Er wusste, was zu tun war. Katzmeyer drückte auf seinem Handy die zwei, die Kurzwahl für Sonnleithner, die wichtigste Person in seinem Leben seit dem Tod seiner Frau, für die er damals die eins reserviert und bis heute nicht gelöscht hatte. Es läutete zweimal, dann war Sonnleithner auch schon am anderen Ende zu hören.

»Guten Morgen, Werner«, begrüßte Katzmeyer seinen Kollegen und setzte dann freundlich und unverbindlich hinzu: »Ich hoffe, bei euch läuft alles rund? … Ja, mir geht es gut. … Nein, nein, ich rufe nicht an, weil mir langweilig ist. … Nein, ich vertraue dir voll und ganz. … Ich weiß doch, dass ich mich auf dich verlassen kann. … Ich habe hier ein Problem. … Nein, keinen Urlaubsflirt, na ja, vielleicht so etwas Ähnliches. Ich brauche ein paar Informationen zu einem Todesfall vor zehn Jahren. … Ja, ich weiß selbst, dass ich nicht arbeiten soll. … Ja, darf. … Aber wenn einer Hilfe braucht, kann ich nicht untätig bleiben. … Nein, du sollst mir keinen Kollegen schicken. … Der Mann hat ausdrücklich mich um Hilfe gebeten. Er hat mich gefragt. Mich persönlich. … Ich kann dir jetzt nicht alle

Einzelheiten schildern. Näheres erfährst du, wenn du mir die Informationen lieferst. … Nein, du brauchst mir die Unterlagen nicht vorbeibringen. Das könnte dir so passen. Eine Woche Urlaub auf Staatskosten. Ich bin doch gar nicht offiziell unterwegs. Wie willst du denn das legitimieren? … Jetzt hör doch mal zu: Ich brauche von der Staatsanwaltschaft in Wels den Akt Andreas Steinwendter vom Juli 2002. Die Polizei hat den Tod des damals einundzwanzigjährigen Mannes als Alpinunfall eingestuft. Durch eine Anzeige des Vaters kam die ganze Sache dann an die Staatsanwaltschaft, die den Fall eingestellt hat. … Da hast du wahrscheinlich recht. … Lass dich von denen nicht abspeisen, die sollen auch im Archiv im Keller nachsehen, wenn es gar nicht anders geht, werde ich meinen Freund in Wien anrufen. Aber versuchen wir es vorerst auf dem einfachen Dienstweg. Dann brauche ich noch alle Medienberichte, die du dazu finden kannst. Wenn du alles beisammen hast, melde dich. Eilig ist es nicht, aber ich brauche die Informationen so rasch als möglich. Grüß mir die Kollegen und hab noch einen schönen Tag, Werner.«

Katzmeyer trennte die Verbindung und ließ das Telefon in seine Hosentasche gleiten. Er löffelte die letzten Reste aus seiner Müslischüssel. Bevor er sein Notizbuch wieder in der Schublade verschwinden ließ, überflog er noch mal die letzten hingekritzelten Notizen und stellte einmal mehr zufrieden fest, dass seine über Jahre kultivierte Handschrift eine hieroglyphische Form angenommen hatte, sodass niemand in der Lage sein würde, die Aufzeichnungen zu entziffern.

Katzmeyer war mit sich zufrieden. Routiniert hatte er eine Ermittlung ohne amtliche Zuständigkeit auf den Weg gebracht. Es würde ihm Ärger mit seinem Vorgesetzten einbringen, aber bevor er sich wieder mit einem der Gründe beschäftigen konnte, der dafür sprach, seinen Job endgültig an den Nagel zu hängen und sein Leben als Beamter zu beenden, erinnerte er sich daran, dass es in zehn Minuten an der Haustür klingeln und Eveline Haigermoser ihn besuchen würde. Eveline arbeitete für das Hilfswerk in Bad Ischl und besuchte auch in ihrer Freizeit alleinstehende Menschen, um mit ihnen zu sprechen und ihnen das Gefühl zu vermitteln, nicht vollkommen verlassen auf der Welt zu sein. Sie war der Meinung, dass das ganze Geschwätz von der Demenz unsinnig sei, denn für sie war es kein Wunder, dass einer, der vergessen von der Welt in seiner Wohnung hockt, irgendwann einmal auf sich selbst vergisst. Und wenn einer einmal auf sich vergessen hat, vergisst er auch sich selbst. Katzmeyer war Eveline zu großem Dank verpflichtet, da sie Tante Else in einer Zeit in der Welt gehalten hatte, in der sie nicht mehr in der Lage war, voll am gesellschaftlichen Leben teilzunehmen, und er aufgrund seiner beruflichen Verpflichtungen nur selten nach St. Wolfgang auf Besuch kommen konnte.

Er öffnete die Flügeltür und trat auf die Veranda. Der Morgen war frisch, und doch zeichnete sich schon jetzt wieder ein heißer Tag am Wolfgangsee ab. Noch bevor er sich auf den Rattanstühlen in der Sitzecke der Terrasse niederlassen konnte, sah er Eveline Haigermoser die Sternallee heraufkommen. Sie winkte ihm freundlich zu und marschierte dann durch das Gartentor auf das Anwesen zu.

»Hereinspaziert«, rief Katzmeyer ihr schon über den Kiesweg zu.

»Guten Morgen, Friedrich«, sagte Eveline und nahm mit leichtem federnden Schritt die fünf Stufen, die zur Veranda hinaufführten, und streckte ihm dann energisch ihre Hand entgegen. Sie schüttelten sich die Hände, und Eveline verlor keine Minute Zeit: »Sind meine zwei Buben schon da?«

»Nein«, antwortete Katzmeyer und musste lachen bei dem Gedanken an die zwei Männer, die gestern zum ersten Mal bei ihm aufgetaucht waren, um beim Ausräumen des Hauses zu helfen und den auf dem Vorplatz der Villa abgestellten Container zu füllen. Die Buben, wie Eveline sie nannte, waren ausgewachsene Männer. Verheiratet. Väter. Voll im Beruf stehend. Aber es waren eben ihre Kinder und blieben so die Buben.

»Die werden schon auftauchen.«

»Ja, fragt sich nur, wann?«

»Sei nicht so streng, Eveline«, beruhigte Katzmeyer sie. »Gestern war Sommernacht, und da ist es wahrscheinlich spät geworden.«

»Du bist immer schon zu freundlich zu den Buben gewesen. Schon damals, als wir noch Kinder waren, warst du immer freundlich zu den Menschen in deiner Umgebung.«

»Ja, was soll ich machen, Eveline? So bin ich halt. Willst du einen Kaffee? Ich habe gerade erst gefrühstückt. Es ist noch einer übrig. Oben in der Küche.«

»Ich habe nicht viel Zeit.«

»Eveline, ein Kaffee wird sich doch ausgehen, oder?«

»Na gut. Während du den Kaffee holst, kann ich mir ja einmal die Sachen ansehen, die die Buben dann zum Sozialwerk nach Strobl bringen sollen.«

Katzmeyer ging, von Eveline Haigermoser gefolgt, ins Haus. Während sie sich die Mäntel, Blusen, Bettwäsche, Schuhe, Bilder, Lampen und Bücher durchsah, holte Katzmeyer Kaffeeservice aus dem Schrank und deckte damit den Tisch auf der

Veranda. Nachdem alles zu seiner Zufriedenheit angerichtet und der Kaffee in einer Thermoskanne aus der Küche geholt war, bat er Eveline, auf die Terrasse zu kommen.

»Was ist denn mit dir geschehen?«, fragte Eveline, als sie Katzmeyer durch die Tür auf die Terrasse folgte und sah, dass er sein Bein ein wenig nachzog.

»Dem geübten Auge der Pflegerin entgeht wohl kein Leidender, oder?«

»Hast du wieder Schmerzen im Knie?«

»Ich war gestern Abend im Wald und habe meinen Spaziergang zum Schwarzensee gemacht. Ich bin vom Gewitter überrascht worden und dann wahrscheinlich zu schnell zum See hinuntergelaufen.«

»Das solltest du dir ansehen lassen. Geh zur Ärztin. Die vom Kurhotel, du weißt schon, die Marion, bewirkt in Fragen der Gelenke wahre Wunder. Du musst sie doch kennen.«

»Marion? Marion wer?«

»Sie ist die Tochter des früheren Gemeindearztes. Vom Doktor Braumüller. Sie hat seine Praxis übernommen und ist dann leitende Ärztin im Kurhotel geworden.«

»Die Marion Braumüller. Das blonde Mädchen aus der Ried. Das immer so frech war.«

»Genau die. Die kann dir helfen. Ganz sicher. Und weil wir gerade beisammensitzen und über die alten Zeiten reden. Du bist jetzt knapp zwei Wochen da und schon Mittelpunkt der Gerüchteküche. Ich habe gehört, du willst das Haus verkaufen?«

»Wo hast du denn das her?«

»Stimmt das?«

»Ich überlege. Ja.«

»Na ja, wahrscheinlich hast du recht. Es ist ja doch ein riesiges Haus, und das aus der Entfernung zu bewirtschaften und zu erhalten, wo einer wie du doch so im Job steckt, ist sicher schwierig. Du willst es aber nicht der Schafbergbahn verkaufen? Das wär eine Schande. Das kannst du deiner Tante nicht antun.«

»Wieso der Schafbergbahn? Ich war bloß bei der Bank und hab mal gefragt, ob sie den Verkauf übernehmen wollen und welche Interessenten es gibt und was es wert sein könnte.«

»Denen darfst du nicht trauen. Ich weiß, dass es zwei Interessenten für das Haus gibt, die sind schon seit Jahren als mögliche Käufer für das Anwesen im Gespräch.«

»Tante Else hat davon nie etwas gesagt.«

»Kein Wunder. Sie handeln es ja unter der Hand«, gab Eveline zurück und blickte sich um, so als wollte sie ausschließen, dass jemand das Gespräch belauschen würde. »Die Schafbergbahn braucht Platz für ein neues Kohlelager, und da wäre die Villa das ideale Grundstück dafür.«

»Das kann doch nicht ihr Ernst sein?! Die Villa ist das letzte Juwel des Ortes«, entgegnete Katzmeyer, und in seiner Stimme schwang eine ehrliche Empörung über die dörfliche Ignoranz mit.

»Als würde das hier irgendjemanden von den Unternehmern kratzen, wenn einer hier ein Haus abreißt. Kein Geschichtsbewusstsein haben die Leute hier. Else war eine der wenigen, die sich für das Dorf interessierte und sich gegen die Verschandelung starkmachte, solange sie konnte. Und nun ist sie weg. Vielleicht war es ja gut so, dass sie jetzt gestorben ist, damit bleiben ihr die Grausamkeiten, die der Bürgermeister dem Ort noch aufbürden möchte, erspart.«

»Du hast recht. Der Ort hat sich verändert. Und nicht immer zu seinem Besten«, stimmte Katzmeyer Eveline zu. »Ich habe gehört, sie wollen auf der Wiese gegenüber einen Hotelbunker bauen? Was ist denn da dran?«

»Ja, so ist es. Und die Betreiber spitzen auch auf das Grundstück deiner verstorbenen Tante. Und bei der Bank, mein lieber Friedrich, würde ich aufpassen, denn die Zentrale dieser Bank ist der Eigentümer der Baugesellschaft, die das Hotel errichten soll. Die werden uns da einen Klotz herbauen, und der wird dann wie vieles andere im Laufe der Jahre Konkurs anmelden, und dann haben wir wieder eine Zweitwohnsitzruine herumstehen, in der im Winter die Rollläden heruntergelassen bleiben. Für deren Besitzer, die nie da sind und keine Steuern bezahlen, müssen wir dann die Infrastruktur erhalten, und ihre Semmeln und ihre Milch kaufen sie vor ihrer Anreise beim Billiganbieter in Pfandl. Also, wenn du nicht willst, dass das Erbe in den falschen Händen landet, solltest du dir genau überlegen, wem du das Haus zur Vermittlung anbietest. Ich kann dir in Bad Goisern einen seriösen Makler nennen, da ist die Sache in guten Händen.«

»Das ist gut, Eveline. Ich kenn mich ja in der Politik hier nicht so gut aus. Du weißt, für mich sind die Aufenthalte hier Rückzug und Erholung. Ich bin froh, wenn ich mal nichts von Politik hören muss. In meinem Beruf hast du es viel zu oft mit der Politik zu tun.«

»Friedrich, wenn du es nicht mit der Politik in St. Wolfgang zu tun kriegen willst, dann halt dich von der Bank fern und vom Erwin Steinwendter.«

»Wieso vom Erwin Steinwendter?«

»Es geht das Gerücht, du hast dich gestern mit ihm getroffen.«

»Ja, das stimmt«, erwiderte Katzmeyer überrascht und fügte dann die Frage hinzu: »Woher weißt du das?«

»Ich geh bei den Menschen ein und aus. Da erfahre ich Dinge, von denen ich oft gar nichts wissen will. In Rußbach sprechen sie offen über dein Treffen mit ihm.«

»Und was ist so schlimm daran?«

»Jetzt stell dich nicht so naiv, Friedrich. Der Erwin ist im Grunde ein netter Mensch, aber er bringt nur Ärger. Er kann die alten Geschichten nicht ruhen lassen. Nach dem Tod seines Sohnes Andreas, davon hat er dir sicher erzählt …«

»Ja.«

»… hat der Erwin sich stark verändert. Er ist allen mit seiner Theorie eines Mordkomplottes auf die Nerven gefallen. Vorher war er sehr umgänglich. Er war in jedem Verein Mitglied, bei der Musik, bei der Feuerwehr, sogar im Radklub war er dabei. Er war immer hilfsbereit, für jeden Spaß zu haben, bis zu jenem Tag vor zehn Jahren.«

»Auf mich hat der Mann einen freundlichen, wenn auch nicht sehr umgänglichen Eindruck gemacht.«

»Ja, freundlich ist er immer noch. Nur bei zwei, drei Leuten, da setzt bei ihm alles aus. Da kommt seine cholerische Natur zum Durchbruch.«

»Kannst du mir die nennen?«

»Na ja, alle, die er für den Tod seines Sohnes verantwortlich macht. Der Bürgermeister, der frühere Bankdirektor, die Gemeinderäte, die Polizei und auch ein paar Nachbarn. Wenn du in dem Ort einen Mörder suchen müsstest, da hättest du alle Hände voll zu tun. Gut, dass du hier nur Urlaub machst und dich um die Villa von der Else kümmerst und nicht in Amt und Würden bist. Das ist doch so?«

»Ja, natürlich. Steinwendter hat mir nur seine Geschichte erzählt. Das klang alles sehr glaubwürdig, wenn ich die Verschwörung mal außer Acht lasse«, sagte Katzmeyer, fast als müsse er sich vor Eveline für sein Tun rechtfertigen.

»Ich glaube, dass der Mann sich über die Jahre seine eigene Geschichte zusammengereimt hat und Realität nicht mehr von Wirklichkeit unterscheiden kann. Er kann nicht mehr sagen, wo das tatsächlich Geschehene endet und seine Erzählung anfängt«, gab Eveline zu bedenken und hob plötzlich die Hand, um den zwei Männern, die aus Richtung Schafbergbahn zum Haus heraufkamen, zu winken.

»Die Buben kommen«, sagte Katzmeyer und lachte.

»Ja, es wird Zeit, dass wir uns an die Arbeit machen. Und, Friedrich, versprich mir, dass du in Zukunft Gewaltmärsche mit dem Steinwendter vermeidest.«

»Gut, ich verspreche dir, keine Gewaltmärsche mehr«, sagte Katzmeyer. »Aber ob ich mich von Steinwendter fernhalten kann, werde ich dir nicht versprechen können. Der braucht einfach einen zum Reden, der etwas von Kriminalistik versteht.«

»Ich mag den Erwin, und ich sag ja auch nicht, dass du nicht mit ihm reden sollst. Er ist keine Gefahr für die Leute, aber an seiner Geschichte hängen die Menschen wie die Trauben an einer Rebe, und das hat nicht erst einen in Teufels Küche gebracht.«

»Was meinst du damit?«, bohrte Katzmeyer weiter.

»Ich hab ohnehin schon zu viel gesagt. Lass es einfach gut sein, Friedrich. Mein Mann, der Eberhardt, sagt auch immer, ich rede zu viel bei der Arbeit. Mein Reden hilft den Menschen, ihre Schmerzen und ihre Einsamkeit besser zu ertragen, aber mir schadet es mehr, als es mir nützt. Ich geb dir einen guten Rat, Friedrich, lass es gut sein mit dem Erwin. Misch dich nicht ein, denn sonst werden die alten Wunden alle wieder aufreißen, und das wird niemandem guttun, dem Ort nicht, dir nicht und dem Erwin ganz sicher nicht. Mach ihm keine Hoffnungen.«

»Schon gut, Eveline. Ich werde mich bemühen, ihm keine weiteren Flausen in den Kopf zu setzen.«

»Wenn du aber wirklich gute Informationen über den Ort haben möchtest: Nicht nur mein Getratsche, das ja auch nur aus zweiter Hand ist, also Getratsche zum Quadrat, dann wende dich an den Gemeinderat Franz Rhab. Das ist einer der wenigen in dieser Gemeinde, der sich wirklich informiert hat und gegen diesen Sumpf vorgegangen ist.«

»Du meinst, der kann mir weiterhelfen?«

»Kommt her, ihr zwei«, rief Eveline ihren zwei Buben zu, die gerade durch die Einfahrt das Grundstück betreten hatten, und, zu Katzmeyer gebeugt, sagte sie leise: »Er kann dir helfen. Ganz sicher. Sechs Jahre Gemeinderatstätigkeit haben ihn zu einem Insider in Sachen St. Wolfgang gemacht. Du wirst ihn mögen. Er ist in seinen Recherchen ebenso gründlich wie du.«

Ausflug in die Vergangenheit

Nachdem Eveline und ihre Buben vor Mittag gegangen waren, machte Katzmeyer sich auf, um irgendwo eine Kleinigkeit zu sich zu nehmen. Er hatte sich für die Pizzeria auf der Rudolfshöhe entschieden. Dort wusste er sich vor dem Trubel der Tagestouristen, die sich auf allen Wegen, Gassen und Plätzen des Dorfes herumtrieben, sicher. Er hatte in der Pizzeria zwar keinen unmittelbaren Blick auf den See, aber dafür war die Bedienung freundlich und die Pizza genau so, wie er sie mochte – dünn, ausreichend belegt und mit knuspriger Rinde.

Pizzaessen bedeutete für ihn nicht bloß eine Mahlzeit, sondern erinnerte ihn an eine Zeit, als es Pizzen nur in Italien gab und selbst dort nicht überall zu bekommen waren. Nachdem er seine Matura mehr schlecht als recht bestanden hatte, war er für zwei Monate mit der Bahn durch Italien gereist. Und die Pizza als Billigspeise war seine ständige Begleiterin gewesen. Das damals noch seltene Gericht löste in Katzmeyer auch heute noch, dreißig Jahre später, sentimentale Gefühle aus, obwohl es heutzutage in Wien Pizza an jeder Ecke gab oder als Massenprodukt in jeder Tiefkühltruhe stapelweise lagerte.

Seine Gedanken kehrten von Italien wieder an den Wolfgangsee zurück. Er lauschte den Wellen des Sees, die unrhythmisch gegen die Pfosten der Stege klatschten. Dazwischen mischte sich das metallene Klirren der Drahtseile von Segelbooten, die an Bojen befestigt auf dem See schaukelten. Das Schlagen der Wellen an der Stützmauer der Promenade erinnerte ihn mehr an ein Badewannenplätschern als an ein meergewaltiges Rauschen. Die kleinen Wellen wurden immer wieder vom Kielwasser der Motorboote und den Linienschiffen der Wolfgangsee-Schifffahrt zu größeren Wogen aufgeschaukelt, und dann entstand manchmal in wenigen Augenblicken eine Ahnung davon, wie das Meer und die Sonne und die Freiheit sich für Katzmeyer angefühlt hatten.

Sein Spaziergang führte ihn von der Rudolfshöhe über einen kleinen schmalen Feldweg, vorbei am Reichlbauern zum Friedhof und dessen Mauer entlang zum Ende der Doktorpromenade im Osten des Dorfes und schließlich auf den dort vor der Kaimauer liegenden Ponton. Dieser und eine daneben liegende kleine Liegewiese bildeten den einzigen öffentlichen Badeplatz der Gemeinde, der von den Einheimischen liebevoll oder abschätzig Floß genannt wurde. Auch dieser Ort erinnerte Katzmeyer, wenn auch nur vage, an die Küsten Italiens.

Das Panorama der gegenüberliegenden Berge mit Sparber und Bleckwand beeindruckte ihn immer wieder. Er wanderte die Berge mit seinem Blick ab und nahm sich vor, bald einmal einen Ausflug auf die Postalm zu machen. Die langen Wege zwischen den Almwiesen abzuschreiten, um dann trotz seiner Höhenangst einen Blick ins Tal zu werfen und den See von oben zu betrachten, der sich wie eine von einem Betrunkenen gezeichnete, waagerecht liegende Acht in der Landschaft ausbreitete. Ein klares Zeichen auf die Unendlichkeit, von der sie in St. Wolfgang in Glaubensfragen gerne argumentierten, aber kaum Gelassenheit genug aufbrachten, um sich im Diesseits dieser Unendlichkeit ruhig und bedingungslos zu nähern. Über dem Zwölferhorn in St. Gilgen türmten sich erste Wolken auf und kündigten eines der vielen Gewitter dieses Sommers an, die unablässig aus dem Salzburger Land hereinzogen und sich in der Postalm verdichteten, um dann rasch und heftig mit Sturm und schwerem Regen über den See zu ziehen.

Katzmeyer dachte unwillkürlich an die Plakate, die hier überall zu bewundern waren. Der Wolfgangsee im Mittelpunkt aller Imagekampagnen. Die Region warb in aller Welt mit der prächtigen Landschaft, dem Film *Im Weißen Rössl am Wolfgangsee*, der den Ort durch die Mitwirkung von Peter Alexander in Verruf gebracht hatte, und dem Pacher Altar, der die Wallfahrtskirche von St. Wolfgang zu etwas so Besonderem machte, und schließlich dem See, dessen glitzernde Wellen im Sommer Abkühlung versprachen und im Winter ungetrübtes Eislaufvergnügen. Sie bewarben etwas, was der Tourist nur genießen konnte, wenn er sich in einem Quartier im Ort einnistete, denn ein öffentliches Bad oder gar nur einen öffentlichen Strand gab es im Dorf nicht.

Außer eben dieses Floß, das in einem erbärmlichen Zustand war und als Anhängsel einer Liegewiese diente, die vielleicht zwanzig Quadratmeter groß war, ungepflegt und am Abend von Hunden besucht wurde. Die Sicherungsseile des Pontons waren durchtrennt und baumelten im Wasser und vermittelten einen wenig vertrauenswürdigen Eindruck. Aus den Planken, die auf Plastikkanister montiert waren, die das Floß trugen, ragten verrostete Schrauben hervor. Und es wunderte Katzmeyer kaum, dass trotz der Hochsaison immer noch Platz war. Es gab keine Beschattung, und für einen unbeschwerten Badeaufenthalt mit Kleinkindern schienen ihm zu viele Gefahrenquellen darauf zu lauern.

Katzmeyer ging am Rand des Floßes mit verschränkten Armen und einem Strohhut am Kopf auf und ab und blickte auf die gegenüberliegende Hügelkette, gleich dem einbeinigen Kapitän Ahab, der mit seinem Holzbein das zum Untergang verdammte Schiff abschritt, um nach seinem Wal, dem unbezwingbaren Moby Dick, Ausschau zu halten. Das Wasser war glasklar, und auf seinen Wellen schaukelten Treibholz, von Schwimmern abgerissene Wasserpflanzen und Blätterwerk. Es roch unangenehm nach Fisch und Kanal, und so beschloss Katzmeyer, das Floß zu verlassen, um sich auf einer Bank an der Promenade auszuruhen, bevor er sich wieder an seine Arbeit in der Villa machen würde.

Er ging in Richtung Ortszentrum. Die Doktorpromenade schien ihm heute mehr denn je das letzte Refugium für Einheimische zu sein, die sich vor dem Trubel, der rund um die Tagesgäste veranstaltet wurde, dorthin zurückzogen. Selbst in der Hochsaison ging es an der ostseitig gelegenen Promenade noch einigermaßen ruhig und beschaulich zu. An diesen Ort verirrten die Bustouristen sich nicht, denn sie wurden in Scharen vom Parkplatz zum Pacheraltar in die Kirche und weiter zum Weißen Rössl auf Kaffee und Kuchen geschleust. Zu weit lag dieser Abschnitt abseits vom Dorfplatz und der ihn umgebenden Alpenarchitektur. Hier fühlte der Ermittler sich sicher vor dem Sommertrubel, der vor vier Jahrzehnten beinahe unvermittelt über den Ort hereingebrochen war.

Er konnte sich noch gut erinnern, wie er sich als kleiner Junge, bekleidet mit Lederhose und Strohhut, an der Promenade mit den Freunden getroffen hatte. Kinder von Zweitwohnungsbesitzern und Sommerfrischegästen. Und ein paar Einheimische waren auch darunter. Sie trafen sich an der Stützmauer des Weges, um zu baden. Manchmal legten sie sich auf die Pirsch, um ein paar Berühmtheiten zu Gesicht zu bekommen. Jahrelang hatte er Autogramme von Schauspielern und Schriftstellern und Malern gesammelt. Nicht nur von denen, die bei Tante Else ein und aus gingen, sondern auch von solchen, die er unverhofft antraf, wenn sie gerade auf einer der Bänke am See saßen und das Panorama bewundern. Diese Leidenschaft begann mit einer verpassten Gelegenheit. Er hatte sich mit seinem Freund Wolfgang an der Promenade verabredet und war viel zu früh am Treffpunkt. Da sah er auf einer Bank einen gut gekleideten Mann mit Hut sitzen. Der junge Katzmeyer dachte, dass er ihn kennen würde, und kam schließlich auf Theo Lingen. Katzmeyer sieht sich heute noch die Promenade entlanghetzen, bis zur Villa, durch die Tür stürzen, beinahe seine Tante umrennend, um Stift und eine Ansichtskarte, die immer griffbereit am Tisch im Salon lagen, zu holen. Seine Tante rief ihm noch nach, was denn los sei, und er antwortete nur, der Lingen sitze an der Promenade, und dann war der Junge auch schon wieder durch die Tür. Doch als er zurück an der Promenade war, hatte Theo Lingen offensichtlich genug von der Ruhe gehabt und war weitergezogen. Katzmeyer hatte sich damals geschworen, nie wieder ohne Ansichtskarte und Stift aus dem Haus zu gehen, um nur ja kein Autogramm mehr zu verpassen. Im Laufe der Jahre waren so durch seine Sammlerleidenschaft zweihundert davon in seinen Besitz gelangt. Alle hatte er in St. Wolfgang gesammelt.

Katzmeyer ließ sich auf einer Bank nieder und blickte auf den See hinaus und dachte an die *gute* alte Zeit, die er für längst verloren hielt. Die Spaziergänger und Flaneure waren den Wanderern und Tagestouristen gewichen. Bisher hatte er versucht, die guten Erinnerungen nicht an sich heranzulassen, damit er nicht all der Veränderungen wegen in Wehmut versinken würde. Er wollte allzu großen Enttäuschungen vorbeugen, da er wusste, dass sich überall auf der Welt Dörfer in vier Jahrzehnten nicht immer zu ihrem Besseren veränderten. Oft reichten schon wenige Jahre aus, und selbst ein routinierter Besucher spanischer Fischerdörfer fand sein Lieblingskaffeehaus nur mehr selten in der ursprünglichen Umgebung vor.

St. Wolfgang hatte seinen Fischerdorfcharakter längst verloren und alles, was damit verbunden gewesen war: Ruhe, Beschaulichkeit, lange Gespräche und die Stille der Wintermonate, in die die Menschen sich einnisteten und abgeschieden von der Welt ihren Frieden finden konnten. All das hatte es in seiner Kindheit noch gegeben. Noch heute roch es, wenn er die Augen nur fest genug schloss, nach dem Sommerdorf seiner Schulferienzeit, nach Tannenzweigen seiner schönsten Weihnacht vor vierzig Jahren, als Mutter und Vater sich nach all dem Streit in Tante Elses Haus versöhnten und das Glück zurückzukehren schien. Aber schon nach einem Jahr war wieder alles an sein Ende gekommen, und vom Glück der letzten gemeinsamen Familienurlaubstage blieb nur St. Wolfgang als wohlig warme Erinnerung.

Dieses heilige Fischerdorf war seine Idylle gewesen.

Doch wie sich nach den Gesprächen mit Erwin Steinwendter und Eveline Haigermoser herausstellte, war diese Idylle immer schon gefährlich gewesen, nur als Kind hatte er von dieser hinter jeder Fassade, hinter jedem Fenster, hinter jeder Tür, in jedem Bootshaus lauernden Bedrohung nichts geahnt. Und das war gut so, denn nur dadurch war ihm für spätere Jahre dieser Ort geblieben als einer, in den er sich immer zurückdenken und oft auch zurückkehren konnte, wenn er sich ausruhen wollte von den absonderlichen Ereignissen und bizarren Taten, die ihm in seiner beruflichen Laufbahn untergekommen waren. Jetzt war daran nicht zu denken. Steinwendter hatte das letzte Rückzugsgebiet abgeschnitten.

Die Idylle ist gefährlich, dachte Katzmeyer.

Und nirgendwo anders kann ein Mensch dies besser erkennen als hier an der Doktorpromenade, deren Name auch nichts weiter war als ein schmutziger Kompromiss mehr, den sie im Dorf eingegangen waren seit der Zeit, als der Judenjäger Kaltenbrunner von hier geflohen war. Niemand wollte an die Geschichte des Waldhauses am Bürglgut erinnert werden, wo er und seine Familie Unterschlupf gesucht hatten, um am Wolfgangsee die Idylle der Natur zu genießen und dann in den letzten Tagen des tausendjährigen Reiches durchs Tote Gebirge die Flucht zu ergreifen. Und keiner wollte sich daran erinnern, dass es in St. Wolfgang eine Außenstelle des Konzentrationslagers Ebensee gegeben hatte und ein nationalsozialistisches Frauenerholungsheim. Und keiner wollte sich daran erinnern, dass sie den hochverdienten Bürgermeister abgesetzt hatten, als endlich die Herrenrasse an die Macht gekommen war. Und um genau diese Erinnerungen nicht zulassen zu müssen, hatten sie lieber den Gemeindearzt geopfert, der sich ihrer Meinung nach für den Ort in der Nazizeit eingesetzt hatte wie kein anderer später in Friedenszeiten, und hatten dem öffentlichen Druck nachgegeben und seinen Namen aus der Promenadenbezeichnung getilgt. Aus der Franz-Xaver-Rais-Promenade wurde per Gemeinderatsbeschluss die Doktorpromenade. Nichts sollte an die Judenverfolgung im heiligen St. Wolfgang erinnern. Katzmeyer hatte das alles aus dem fernen Wien verfolgt. Heute noch empfand er das damalige Bauernopfer zugunsten der Imagepflege des heiligen und reinen Dorfes als widerliches Schauspiel der bigotten Bürgerschaft.

Steinwendter hatte ihm klargemacht, dass seine idyllischen Kindheitserinnerungen nicht länger aufrechtzuerhalten waren. Die Geschichte von Andreas Steinwendter holte ihn zurück auf den Boden des realen und abgründigen St. Wolfgang. Er wusste, dass alles Verdrängte und Verborgene irgendwann ans Licht kommen würde, solange nur einer wie Erwin Steinwendter da war, der sich erinnerte, der die Geschichte weitertrug, nicht nur die gute, sondern auch die bösartige, die unmenschliche, die verbrecherische und abgründige, die in jedem Ort existiert, auch hier, in der Idylle am See, gerade hier, wo niemand es erwarten würde, im Fischerdorf am Fuße des Schafberges.

Langsam tauchte Katzmeyer wieder aus seinen Grübeleien auf. An der Anlegestelle hatte ein Passagierschiff eines privaten Unternehmens aus Abersee angelegt. An Deck die von ihm nicht vermissten, aber längst erwarteten Tagesgäste in Tracht, mit Strohhut und Sonnenbrille. Schon als Kind hatte Katzmeyer gegen Lederhosen und Stutzen rebelliert, gegen rot-weiß karierte Hemden, die er sonntags auf Wanderungen, zu denen er und seine Schwester mitgeschleift wurden, tragen musste. Später, als Jugendlicher, hatte er sich gegen alles, was nur den Hauch von Provinz verströmte, widersetzt. Geändert hatte sich das erst, als er bereits sein Studium der Psychologie mit Schwerpunkt Kriminologie begonnen, aber nie abgeschlossen hatte. Studieren war ihm zu praxisfern, aber bei der Kriminalpolizei konnte er seinen Interessen treu bleiben.

Was Katzmeyer am Leben in der Provinz immer schon abgeschreckt hatte, war die Tatsache, dass jeder vom anderen abhängig war. In guten Zeiten und guten Regentschaften war das ein Vorteil. Doch in politisch unsicheren Zeiten war das vor allem für Außenseiter, wie er einer war, kein Honigschlecken. Er war zwar an der Peripherie der Großstadt aufgewachsen, doch diese war in seiner Kindheit ländlich wie St. Wolfgang noch in diesen Tagen.

Und während Katzmeyer noch dachte, dass die Idylle gefährlich sei, klingelte sein Telefon, und auf dem Display erschien Sonnleithners Handynummer.

Das ging selbst für Sonnleithners Verhältnisse schnell, dachte Katzmeyer und stellte eine Verbindung zu seinem Kollegen in Wien her.

»Was gibt es, Werner? Hast du schon was herausgefunden? ... Aha. ... Der Akt ist von der Polizei und der Staatsanwaltschaft vernichtet worden? ... Wegen Verjährung?«, brummte Katzmeyer ins Telefon.

»Es ist länger als zehn Jahre her, sagst du. Verstehe. ... Die Medienberichte hast du? ... Gut. ... Schick sie mir per Mail. Ich schau sie mir am Abend in Ruhe an. ... Was hat die Staatsanwältin dich gefragt? ... Warum wir uns dafür interessieren? ... Sie war genervt? ... Warum, glaubst du? ... Aha. ... Sie wollte nicht recht drüber reden. ... Verstehe. ... Hat sie was über den Steinwendter gesagt? ... Ok. ... Nein, du brauchst nicht mehr nachstoßen. ... Vielleicht später, wenn es notwendig sein sollte. ... Was hast du ihr gesagt, warum wir uns dafür interessieren? ... Das war eine gute Idee. Die alte Ausrede. ... Querverbindungen. ... Verstehe. ... Brauchst dir keine Sorgen machen. ... Nein, nein, das war schon richtig. ... Jetzt weiß ich zumindest, dass Steinwendter in Bezug auf die Staatsanwaltschaft recht hatte. Die haben den Fall längst aufgegeben. Danke, Werner. Wenn ich noch was brauche, melde ich mich. Ich darf doch, oder? … Gut so. … Also dann bis zum nächsten Mal. … Ja, ja. Ich pass schon auf mich auf. Ich weiß, dass ich hier nicht zuständig bin. Die werden mich schon nicht auffressen. … Bis bald.«

Katzmeyer blieb stehen und steckte sein Telefon in die Tasche.

Die Staatsanwaltschaft schien nicht sehr erfreut darüber, dass die Wiener Kriminalpolizei sich für den Fall interessierte. Und warum hatte sie ohne Umschweife Steinwendter als einen Querulanten diffamiert? Natürlich ging er ihnen auf den Nerv. Er hatte schließlich ein Anliegen. Er wollte Aufklärung. Die Staatsanwaltschaft schien jedenfalls kein Interesse daran zu haben.

Es war an der Zeit, an die Quelle zu gehen, dachte Katzmeyer und entschloss sich, den Ortschef aufzusuchen. Schließlich hatte Steinwendter durchblicken lassen, dass dieser durchaus etwas mit den Vorgängen vor zehn Jahren zu tun haben könnte. Er war damals frisch ins Amt gekommen und hatte für die politischen Rahmenbedingungen gesorgt, damit das Kurhotel gebaut werden konnte. Er musste also einiges darüber wissen. Vielleicht war er ja gesprächiger als die Staatsanwaltschaft.

Katzmeyer griff zum Telefon und wählte die Nummer der Auskunft: »Guten Tag, können Sie mir die Nummer der Gemeinde St. Wolfgang geben? … Nein, nicht in der Steiermark. … Nein, nicht in Bayern. … In Oberösterreich. … Im Salzkammergut. … Ich wusste gar nicht, dass es mehrere St. Wolfgang gibt. … Ach, so viele? … Nun gut, bitte die Nummer des

Gemeindeamtes von St. Wolfgang im Salzkammergut. … Ja, ich warte. … Sie können mich verbinden? Ja, dann tun Sie das. … Auf Wiederhören. … Guten Tag. … Bin ich da richtig am Gemeindeamt St. Wolfgang? Ja? Gut. Mein Name ist Katzmeyer. … Ich würde gerne den Herrn Bürgermeister sprechen. … Er ist in einer Besprechung? … Worum es geht? Ich habe die Villa von Else Heidelmoser geerbt. … Verstehe. … Sie fragen, wann er Zeit hat? … Ich warte, ja. … In einer Stunde. … Ja, soll mir recht sein. Ich bin also in einer Stunde bei Ihnen. … Danke. … Auf Wiederhören.«

Katzmeyer legte auf. Amtsleiter Herzog war noch ganz der Alte. Selbst am Telefon konnte er beinahe spüren, wie Johann Herzog einen Buckel machte, um sich noch kleiner zu machen, als er ohnehin schon war. Als Kind hatte Katzmeyer eine Aversion gegen ihn entwickelt. Er war im gleichen Jahr wie er selbst geboren. Doch unterschiedlicher konnten zwei Menschen nicht sein. Während Katzmeyer immer darauf bedacht war, offen und ehrlich auf die Menschen zuzugehen, schien es ihm damals fast so, als würde Johann es beinahe darauf anlegen, dass möglichst alle Menschen, die ihn umgaben, gegeneinanderstanden, um so den größtmöglichen Nutzen für sich selbst daraus zu ziehen, denn so konnte er mit jedem gut Freund sein. Katzmeyer hatte ihn dafür verachtet, und als er hörte, dass dieser Amtsleiter geworden sei, hatte er gedacht, nun ist Herzog endlich an jene Position gelangt, in der er alles kontrollieren und seine Günstlingswirtschaft auf hohem Niveau ausbauen konnte.

Eine Stunde noch, dachte Katzmeyer. Diese eine Stunde würde Johann Herzog sicher nutzen, um den Bürgermeister auf ihn vorzubereiten. Vielleicht hatte die Gemeinde ja Interesse daran, die Villa zu kaufen, als Zwischenhändler. Das wäre ja nicht das erste Mal, dass eine Gemeinde für einen Investor als Strohmann auftrat. Das war zwar höchst illegal, aber wo keine Kläger, da keine Richter. Und dort, wo es Kläger gab, gab es immer noch eine staatsanwaltschaftliche Bürokratie. Je länger Katzmeyer sich mit dem Fall Steinwendter beschäftigte, umso mehr alte Geschichten aus der Kindheit tauchten auf, die er an den Mittagstischen von Onkel Georg und Tante Else mitbekommen hatte. Schon damals wurde von Korruption gesprochen. Nur durch zweifelhafte Geschäfte war der Ort zu dem geworden, was er heute war. Katzmeyer beschloss, den Bürgermeister über einen möglichen Verkauf der Villa in ein unverfängliches Gespräch zu verwickeln, um dann auf Steinwendter und das Kurhotel zu sprechen zu kommen. Warum nicht das Angenehme mit dem Nützlichen verbinden? Es könnte natürlich auch sein, dass die Information über sein Treffen mit Steinwendter längst auch das politische Zentrum erreicht hatte. Der Bürgermeister war der Kopf der Gemeinde. Und sollte an den Vorwürfen von Steinwendter etwas dran sein, dann galt wahrscheinlich auch in diesem Fall das alte Sprichwort: Der Fisch fängt vom Kopf her an zu stinken.

Die Amtsstube

Wie nah hier alles beisammen liegt, dachte Katzmeyer, als er durch den Ort flanierte. Nicht nur sozial, sondern auch geographisch. Das Bankhaus neben dem Gemeindeamt. Gegenüber der alte Pfarrhof mit Klosterbau. Ein paar Häuser weiter die Polizei. Im ersten Stock des Bankgebäudes der Gemeindearzt. Betreutes Wohnen gleich darüber. So haben es die Alten nicht weit, wenn es einmal schmerzt im Bein oder im Rücken. Die Kürze der Wege macht das Zusammenleben und das Regieren leichter. Die Machtachse zwischen Kirche und Politik schien ihm in St. Wolfgang noch intakt.

Vor dem Gemeindeamt blieb Katzmeyer stehen. Die frisch renovierte Fassade leuchtete auch jetzt, zwei Jahre nach der Sanierung des Amtsgebäudes, in sommerlichem Licht. Er blickte nach oben und las: Rathaus. Vor zwei Jahren war hier noch der Schriftzug Gemeindeamt zu lesen gewesen, der im Zuge der Erneuerung des Hauses den Selbstdarstellungsinteressen des Gemeinderates zum Opfer gefallen war.

Da versuchte ein Ort, sich Größe zu geben, dachte Katzmeyer.

Auch der Stiegenaufgang war neu. Nun gelangten die Bürger nicht mehr durch den ehemaligen Haupteingang, der nun ein Seiteneingang geworden war, in das Rathaus, sondern über eine repräsentative Treppe, die einem Gebäude, in dem die politischen Entscheidungsträger Rat hielten, angemessener schien. Fünf Stufen führten hinauf zur Doppelflügeltür, durch die Katzmeyer das Amtshaus betrat. Im Inneren empfing ihn eine kahle, großzügig angelegte Empfangshalle.

An der Wand hing etwas verloren ein Bildschirm, der Modernität suggerieren sollte. Doch er diente nicht zur Weitergabe von Informationen aus der Gemeindestube, sondern setzte wie ein verlängerter Arm der Tourismusindustrie die monokulturhafte Bewirtschaftung des Landes fort. Imagebilder von Wäldern und badenden Menschen, von der den Berg hinaufdampfenden Schafbergbahn und dem alten Raddampfer aus Kaisers Zeiten zogen über den Bildschirm und wirkten gespenstisch und unwirklich in der kühlen, gefliesten Atmosphäre der Eingangshalle. Rechts führte aus dem Foyer eine Wendeltreppe in den ersten Stock. An den rundlaufenden Wänden standen die Namen berühmter Autoren, Musiker und Maler geschrieben, die noch einen letzten sichtbaren Rest einer Kunstausstellung von vor zwei Jahren darstellten.

Bei einem seiner jährlichen Sommerbesuche bei Tante Else hatte er die Ansammlung von Wolfgangsee-Artefakten durchstreift und war erstaunt, wie reichhaltig die Kultur der Gegend einst gewesen war. Früher. Selbst sein Onkel Georg, der ungeliebte moderne Künstler, hatte es mit einem Bild in die Ausstellung geschafft. Katzmeyer fiel damals auf, dass all die Kunstgegenstände von außen in den Ort eingeströmt waren, als hätten die Menschen hier keine Kraft, um Künstler zu halten, sie zu hegen und zu pflegen, weil alles sich nur um den schnellen Euro drehte. Nirgendwo konnte ein Mensch besser beobachten, was die Geldgier mit einem Ort anstellen konnte, der sich weigerte, über den eigenen kulturellen Traditionsrand hinauszuschauen. Die wenigen, die aus der Mitte der Bürger hervorgegangen waren, gingen in die künstlerische und persönliche Emigration.

Katzmeyer stieg die Treppe langsam hoch. Oben angelangt, blickte er sich um und suchte so etwas wie eine Ahnengalerie der politischen Köpfe. Aber auch die war nicht zu finden. Kein feistes Grinsen eines gut gepolsterten Bürgermeisters, kein hageres, ausgezehrtes Lächeln eines verdienten Amtsträgers. Das ganze Haus wirkte auf ihn, so als wäre der Ort gerade neu geboren worden und von der Vergangenheit entlastet. Mehr noch. Ihm schien es, als wolle hier jemand mit der Vergangenheit brechen und das Dorf in Besitz nehmen. Traditionslosigkeit an den Wänden und Traditionsseligkeit in den Stuben der Häuser und Gastwirtschaften zur Unterhaltung der Gäste. Mit der Renovierung schien alles, was auf eine Zeit vor dieser Zeit verweisen könnte, verschwunden, denn im Amtshaus hatte jemand dafür gesorgt, dass architektonisch nichts in eine Vorzeit verwies. Keine alten Balken. Keine Holzgeländer. Kein abgestandener Geruch. Nur helle, offene, verflieste, funktionale Räume.

Fast schon übertrieben offen für ein im letzten Winkel der Welt verborgen liegendes Dorf, dachte Katzmeyer, als er durch eine gläserne Schiebetür in das Sekretariat der Gemeinde trat. Doch dort saß keine Sekretärin. Auch hier ein Schreibtisch ohne Unterlagen. Ein ausgeschalteter Computer. Ein unbewohnter Arbeitsplatz.

Links führte eine Tür zum Amtsleiter, rechts zum Bauamt. Es war still. Nur das Klappern einer Tastatur und das Rascheln von Papier waren zu hören. Katzmeyer wagte einen Blick ins Zimmer des Amtsleiters, der ihn sofort bemerkte, von seinem

Stuhl aufsprang und ihm schon während der körperlichen Annäherung zurief: »Ah! Herr Katzmeyer! Grüß Gott!«

Katzmeyer richtete sich zu voller Größe auf und blickte auf den Mann herab, der mit raschen Schritten auf ihn zukam. Er war immer noch von spindeldürrer Gestalt und flink wie ein Wiesel. Trotz seiner Kleinwüchsigkeit konnte er noch diesen Buckel machen, den er seit seiner Kindheit mit sich herumtrug und im Laufe seines Erwachsenenlebens perfektioniert zu haben schien. Katzmeyer wusste aus eigener Erfahrung, dass es Zeit war, auf der Hut zu sein. Der bucklige Habitus des Amtsleiters war ein deutliches Zeichen dafür, dass er die Lage sondierte. Solange dieser nicht wusste, worum es ging, würde er in dieser Stellung verharren. Jeder Satz, jede Geste, jede Handlung dienten nur dem Zweck, seine eigene Überlegenheit zu sichern. Seine politische Taktik war es, im Zentrum des Sturms zu ruhen und zuzusehen, wie die Ausläufer eines Orkans an den Rändern alles zerstörten. Nur so konnte Johann Herzog sich sicher sein, dass nichts und niemand ihm je gefährlich werden könnte.

Was für eine geschundene Kinderseele musste in diesem Manne hocken, dachte Katzmeyer. Für einen kurzen Augenblick keimte in ihm so etwas wie Mitleid auf. Ein Erbarmen, das er normalerweise immer für einen Täter empfinden konnte. Unabhängig von der Grausamkeit seiner Tat, von der Hinterhältigkeit seiner menschlichen Handlungen, blieb der Täter immer auch ein Mensch. Nur ihm, Johann Herzog, konnte er die Grausamkeiten schwer verzeihen, die dieser in ihrer gemeinsamen Kinderzeit so vielen anderen angetan hatte. Der bucklige, kleine Johann Herzog stammte aus einer Familie, in der das Herrschen über Jahrzehnte eingeübt worden war. Und er hatte seinen Weg gefunden, diese Herrschaft trotz seines zwergenhaften Aussehens zu übernehmen und fortzuführen. Er war dorthin gelangt, wo er im Zentrum des Sturms eine der wichtigsten Positionen in der Gemeinde besetzt hielt und als begnadeter Schauspieler den Diener gab, um seine Intrigen zu spinnen.

»Guten Tag, Herr Amtsleiter Herzog«, sagte Katzmeyer und versuchte, seinen Groll, den er gegen den Mann hegte, zu unterdrücken.

»Was kann ich für Sie tun?« Herzog streckte Katzmeyer die Hand entgegen. »Was führt einen viel beschäftigten Ermittler, wie Sie einer sind, zu uns ins Amtshaus?«

»Geschäfte«, erwiderte Katzmeyer und schüttelte dabei die Hand des Amtsleiters, der ihn mit seinen stetig wandernden Augen musterte.

»Geschäfte? Geht es um die Villa der Tante?«

»Ja«, antwortete Katzmeyer knapp, der unter keinen Umständen von Steinwendter sprechen wollte, denn dann hätte Herzog ihn garantiert nicht zum Bürgermeister vorgelassen. »Ist der Herr Bürgermeister zu sprechen?«

»Ich werde sehen, ob die Sitzung des Gemeindevorstandes schon zu Ende ist«, sagte Johann Herzog und verschwand in seinem Amtszimmer, aus dem er nach wenigen Augenblicken wieder mit den Worten auftauchte: »Der Herr Bürgermeister wäre jetzt so weit. Wollen Sie mir bitte folgen?«

Katzmeyer bewegte sich hinter Johann Herzog durch dessen Büro, das mit einer Verbindungstür zum Bürgermeisterzimmer ausgestattet war. Da waren sie wieder, die kurzen Wege, die das Regieren so einfach machten und die dem Bürger verwehrt blieben.

Hinter einem Schreibtisch aus Glas, der an moderne Managementbüros erinnerte, saß ein dicker, untersetzter Mann, dessen massiges Haupt über einen Berg von Akten gebeugt war und dessen Augen durch eine Brille, die wie ein Fremdkörper auf der Nase thronte, über die Schriftstücke streunten. Als er die beiden Männer realisierte, blickte er auf.

»Herr Katzmeyer, nehme ich an.«

Er streckte ihm die Hand entgegen, und noch ehe Katzmeyer zugreifen konnte, fügte er, zum Amtsleiter gewandt, hinzu: »Danke, Johann. Bitte keine Störungen in der nächsten Stunde.« Das war für Johann Herzog das Signal, sich zurückzuziehen.

»Nehmen Sie doch bitte Platz, Herr Katzmeyer.« Der Bürgermeister deutete mit der Hand auf einen der beiden bequemen Schreibtischsessel, die dem Tisch vorgelagert waren.

»Nein danke. Ich stehe lieber«, erwiderte Katzmeyer und blickte sich kurz im Raum um.

An der Wand hing der Plan eines großen Bauprojektes. Daneben etwas abseits ein Kruzifix. Ansonsten waren die Wände kahl. Ein paar Planrollen standen aufrecht in einem umfunktionierten Papierkorb. Auch hier die kalte Modernität. Die Abwesenheit von allem, was auf Tradition oder Imagewerbung hindeutete. Das Adjektiv, das Katzmeyer zur Amtsstube von Bürgermeister Hohengassner einfiel, war: nackt. Ein Raum, der nicht zum Verweilen einlud. Ähnlich mehr einem Durchgangszimmer als einer Residenz. Katzmeyer schien den Verantwortlichen, der für die Tilgung der Ortsgeschichte aus dem Gemeindeamt zuständig war, gefunden zu haben.

»Was führt Sie zu mir?«

»Geschäfte«, sagte Katzmeyer.

»Es geht um die Villa Ihrer Tante?«

»In gewisser Weise.«

»Wollen Sie verkaufen?«

»Ich habe noch nicht entschieden«, sagte Katzmeyer.

»Es gäbe sicher einige im Dorf, die Interesse daran hätten, das Objekt zu erwerben.«

Das Objekt, hallte es in Katzmeyer nach. Die Villa seiner Tante war kein Objekt. Sie war ein Kunstwerk. Ein Juwel des neunzehnten Jahrhunderts. Für einen wie den Hohengassner war sie nur eine Ressource für die Ortsentwicklung. Da war sie wieder, die Sprache, die keine Vergangenheit kannte.

»Sie geben nicht viel auf Traditionen, oder?«, fragte Katzmeyer.

»Tradition ist gut, solange sie der Sache dient«, antwortete der Bürgermeister.

»Und was ist Ihre Sache?«

»Meine Sache ist dieser Ort. Die Entwicklung der Region. Wir haben strukturelle Probleme. Die Landflucht ist enorm. Wir müssen den Verkehr in den Griff bekommen. Wir brauchen wirtschaftliche Entwicklung. Wir müssen auf Wellness und Genusstourismus setzen. Wir haben nur noch fünfundzwanzig Badetage im Sommer. Für eine Destination, die traditionell auf die Sommerfrische gesetzt hat, ist das ein tiefgreifender Wandel. Die Sommer werden immer frischer bei uns. Manchmal richtig kalt.«

»Und die Einheimischen, die nicht vom Tourismus leben?«

»Die gibt es nicht. Irgendwie lebt jeder hier vom Tourismus. Und selbst, wenn es im Ort solche Menschen geben sollte, dann ist das eine Minderheit. Alles, was dem Gast nützt, nützt auch den Einheimischen. Nur wenn wir die Betten füllen, haben wir genug Kommunalsteuer, um Kinderspielplätze zu bauen, Schulen zu renovieren oder das Straßennetz zu erhalten.«

Plötzlich verstand Katzmeyer, was Erwin Steinwendter meinte, als er den Bürgermeister Hohengassner, den Baumeister Lobner und den Bankdirektor Stanglmeyer in einem Atemzug nannte. Es brauchte alle drei, um die Vorstellung, die der Bürgermeister von ländlicher Entwicklung hatte, umzusetzen. Der eine steuerte das Geld bei, der andere die Arbeit, und der dritte bereitete den politischen Boden. In dieses Netz war Steinwendter mit seiner Familie hineingeraten. Der Ermittler verstand nun, dass beide Seiten durchaus im Recht sein konnten. Die Gemeinde und ihre Vertreter standen möglicherweise aus juristischer Sicht auf sicherem Boden, und Steinwendter wäre moralisch im Recht.

»Sie brauchen also Projekte wie dieses«, fragte Katzmeyer und zeigte auf den Plan an der Wand.

»Ja. Die Gemeinde muss sich entwickeln. Wir brauchen ein weiteres großes Hotel, um den Ort im Tourismus besser positionieren zu können. Wir brauchen gehobene Betten. Unsere Hotellerie ist zu kleindimensioniert für den nächsten wirtschaftlichen Entwicklungsschritt.«

»Den nächsten Entwicklungsschritt?«

»Ja, wir wollen im Ort nach dem Wolfgangsee-Advent als dritter Saison eine vierte Saison entwickeln. Wir brauchen die Wintermonate. Wir wollen eine Ganzjahresdestination werden. Rund um die Uhr, rund ums Jahr. Dafür brauchen wir Kapazitäten.«

»Davon habe ich schon gehört«, sagte Katzmeyer.

»Nun Sie wissen sicher, dass auf der Wiese, auf der früher das Grandhotel stand, Appartements und eine Hotelanlage geplant sind. Ihr Grundstück würde gut ins Konzept und zum Bebauungsplan passen.«

»Ja, davon habe ich gehört. Aber nichts Gutes.«

»Das ist normal. Unsere Gemeinde muss wachsen, um überleben zu können. Es gibt immer ein paar Nörgler im Ort. Verhinderer. So klein kann ein Projekt gar nicht sein, dass die nicht irgendeine Lurchart auf einer Wiese finden, mit der sie ein Projekt aufhalten können. Wissen Sie, Herr Katzmeyer, ich bin sehr für Klimaschutz, für umweltbewusstes Handeln, aber manches geht dann doch zu weit. Wir müssen an die wirtschaftliche Zukunft der Gemeinde denken, für unsere Kinder.«

»Sie meinen, wie das Projekt auf der Roith?«

»Welches Projekt auf der Roith?«

»Na, das Kurhotel. Das war ja eine politische Meisterleistung. Ein derart großes Projekt über den Dächern von St. Wolfgang politisch durchzusetzen. Respekt«, sagte Katzmeyer, nicht ohne es an einer gewissen Ironie in der Tonlage fehlen zu lassen.

»Sie haben mit Erwin Steinwendter gesprochen, nicht wahr?«, fragte der Bürgermeister unvermittelt und gab seine bequeme und entspannte Sitzhaltung auf. Er kam mit der ganzen Wucht seines massigen und teigigen Kopfes nach vorne, stützte die zusammengefalteten Hände auf den Schreibtisch und senkte die Stimmlage merklich. Er neigte den Kopf und sah Katzmeyer von unten her durch seine viel zu kleine Lesebrille an, so als müsste er ein bodenloses Gefühl, das plötzlich in ihm aufgestiegen war, unter Kontrolle bringen.

»Dieser Mann ist gefährlich«, zischte der Bürgermeister.

»Gefährlich?«

»Ja. Er wiegelt die Leute auf. Mich hat er schon x-mal vor den Richter gezerrt. Und nie gewonnen. Nichts kann man ihm recht machen. Überall vermutet er Korruption und Hinterlist. In meiner Gemeinde geht alles seinen rechten Weg. Wir haben uns nichts zuschulden kommen lassen. Meine Weste ist rein«, tönte Hohengassner, lehnte seinen Körper in den Bürgermeistersessel zurück, und seine angespannten Gesichtszüge lösten sich wieder.

Die Hautfalten an den Mundwinkeln zogen die Lippen wieder nach unten, die sich während der Zischlaute zusammengezogen und einen schmalen Spalt oberhalb des Kinns gebildet hatten. Im Licht des schräg durchs Fenster einfallenden Sonnenlichtes zeichneten sich nun unter der teigigen Masse des Bürgermeistergesichts tiefe Furchen ab. Spuren, die das Leben und die Arbeit in den Mann eingegraben hatten.

Er ist zu jung, um so alt auszusehen, dachte Katzmeyer. Und er erkannte, dass er es wie im Falle des Erwin Steinwendter mit einem Besessenen zu tun hatte. Mit einem, der beseelt war von diesem Ort. Dieser Bürgermeister hatte eine Mission. Und diese Mission drückte sich in dem riesigen Plan aus, der an der Wand hinter ihm hing. Früher gaben Könige monumentale Schlachtenszenen in Auftrag, die ihre Residenzen zierten. Die Schlacht, die hier geschlagen werden sollte, war eine, die einer gegen die eigene und die Bedeutungslosigkeit einer ganzen sozialen Gemeinschaft führte. Doch Katzmeyer war sich nicht mehr sicher, ob dieser selbst gewählte Auftrag noch auf den Grundlagen politischer Legitimation beruhte. Aus Hohengassner sprach nicht nur mehr ein gewählter Bürgermeister, sondern ein selbst ernannter Messias. Und Katzmeyer wollte sich gar nicht ausmalen, welche Minderwertigkeitskomplexe den Bürgermeister zwangen, solche Großtaten in Angriff zu nehmen.

»Verstehen Sie mich nicht falsch, Herr Bürgermeister. Ich bin nur Gast in Ihrem Dorf. Aber wenn mich ein Bürger anspricht und mir seine Geschichte erzählt, dann bin ich von Berufs wegen gezwungen, mir ein Bild zu machen. Ich bin also immer im Dienst.«

»Das verstehe ich, Herr Katzmeyer«, nickte der Bürgermeister. »Sie können in mir lesen wie in einem offenen Buch. Ich habe nichts zu verbergen.«

»Das Gespräch, das ich mit Steinwendter geführt habe, ist Ihnen dann sicher auch nicht verborgen geblieben«, griff Katzmeyer das Stichwort auf.

»Der Steinwendter leidet an Verfolgungswahn. Sein Sohn hatte diesen grausamen Unfall. Damit hat alles begonnen. Früher konnten wir alle mit Erwin gut leben. Er war freundlich, lustig. Er war Teil der Dorfgemeinschaft. Aber der Tod vom Andreas hat ihn fast verrückt gemacht. Der Sturz vom Fels hat alles verändert. Nicht nur den Steinwendter, auch das Zusammenleben in der Gemeinde.«

»Der Erwin Steinwendter sagt, sein Bub sei gestoßen worden.«

»Reine Schutzbehauptung«, erwiderte der Bürgermeister.

»Wovor muss denn der Steinwendter sich schützen?«

»Der Erwin, der Steinwendter, ist ein herrschsüchtiger und cholerischer Mensch.«

»Auf mich macht er eher einen ruhigen und freundlichen Eindruck.«

»Ja, in der Öffentlichkeit. Zu Hause, als er noch eines hatte, führte er ein strenges Regiment. Da bekam keiner Luft. Der erstickte alles in seinem Willen.«

»Willensstark ist er, der Steinwendter«, bestätigte Katzmeyer.

Ein Lächeln huschte über das fahle, kranke Gesicht des Bürgermeisters. Langsam lehnte er sich nach vorne, so als wolle er Katzmeyer ins Vertrauen ziehen. Seine Stimme nahm nun wieder eine unverbindliche, angenehme Tonlage an, um einen Menschen für sich und seine Interessen zu gewinnen.

»Sehen Sie, Herr Katzmeyer, der Steinwendter Bub hat den Druck vom Vater nicht ausgehalten. Da können Sie fragen, wen Sie wollen. Der Vater hat immer Höchstleistungen von ihm gefordert, in der Schule, beim Skifahren.«

»Beim Skifahren?«

»Ja, der Andreas war ein begabter Skifahrer und ein hervorragendes Rechengenie. Dem konnte keiner das Wasser reichen. Leider stand er immer unter dem Einfluss seines Vaters. Er wollte ihn zu dem Sieger machen, der er selbst nie sein konnte. Und da ist er eben aufsässig geworden, der Bub. Er hat angefangen, sich mit allen und jedem anzulegen.«

»Mit Ihnen auch, Herr Bürgermeister, habe ich gehört.«

»Ja, mit mir auch. Aber ein knapp zwanzigjähriger Junge, der gerade aus den Kinderschuhen herausgetreten ist und sich viel zu große Wanderstiefel angezogen hat, kann mir nicht den Rang ablaufen. Ich stand der Sache, die er vorbrachte, sehr gelassen gegenüber. Der Vater hat ihn infiziert mit seinem Querulantentum. Er hat so lange auf ihn eingeredet, bis der Sohn geglaubt hat, was der Vater behauptete, und selbst anfing, in der Gemeinde herumzustöbern.«

»Was hat er denn behauptet?«, fragte Katzmeyer.

»Ich würde gegen Geldleistungen Investoren den Weg in den Gemeinderat ebnen. Das ist absurd. Ich habe nie Geld genommen. Ein für Projekte politisch aufgeschlossenes Klima zu schaffen, gehört von Amts wegen zu meinen Aufgabengebieten.

Der Vater hat den Andreas aufgehetzt.«

»Erwin Steinwendter sagt, Sie hätten mit dem Baumeister Lobner und dem Bankdirektor Stanglmeyer seinen Hof ruiniert und ihn zum Verkauf gezwungen.«

»Niemand hat ihn gezwungen. Ich sage Ihnen, da war und ist nichts dran. Niemand wollte den Steinwendter von seinem Hof vertreiben. Er war hoch verschuldet. Zu viele Maschinen. Zu wenig Geschäft. Das kann manchen in Schwierigkeiten bringen. Der sture Bock hätte nur rechtzeitig verkaufen müssen, dann wäre das alles nicht passiert. Er wäre schuldenfrei gewesen und hätte ein neues Leben anfangen können. Und auch sein Sohn. Der hat studiert. Aus dem hätte im richtigen Konzern, an der richtigen Managementstelle was richtig Großes werden können. Einer, der dem Dorf nützlich sein hätte können.«

»Haben Sie dem Steinwendter übel genommen, dass er nicht verkaufen wollte?«

Der Bürgermeister gab seine vertrauliche Haltung auf. Er fühlte sich plötzlich unwohl. Er spürte, dass mit diesem Mann keine Geschäfte zu machen wären. Er zupfte seine Jacke zurecht: »Natürlich war ich sauer. Was denken Sie denn? Aber dafür begeh ich doch keinen Mord. Das habe ich nicht nötig. Glauben Sie mir. Ich bin lange genug im Amt, um zu wissen, wie dieses Geschäft funktioniert. Ich mag in den Augen der Menschen vieles sein, aber ich bin kein Mörder«, sagte Hohengassner.

»Ich danke Ihnen für die erhellenden Ausführungen«, sagte Katzmeyer.

Für den Ermittler war alles gesagt. Er streckte Hohengassner über den Tisch und die Akten hinweg seine Hand entgegen. Der Bürgermeister wollte sich erheben, doch der Ermittler kam ihm zuvor: »Behalten Sie Platz. Ich finde den Weg auch alleine hinaus. Leben Sie wohl.«

»Auf Wiedersehen«, sagte Hohengassner. »Sie können auch gerne die Tür direkt ins Stiegenhaus nehmen.«

Erst jetzt nahm Katzmeyer wahr, dass es noch eine zweite Tür hinaus auf den Gang gab. Er nahm das Angebot freudig an, denn was er nun gar nicht gebrauchen konnte, war, dem Johann Herzog in die Hände zu laufen. Noch ehe Katzmeyer an der Tür war, vergrub Hohengassner seinen Kopf wieder in die Akten, so als hätte das, was Katzmeyer eben mit ihm besprochen hatte, keinerlei Bedeutung mehr für ihn.

Ein Mann ohne Vergangenheit, dachte Katzmeyer. Einer, der wie er nur in der Gegenwart lebte, versäumte das Beste, was das Leben zu bieten hat, das sentimentale Schwelgen in dem, was hinter einem liegt, aus dem ein Mensch seine Kraft für die Zukunft gewinnt.

Katzmeyer trat durch die Doppelflügeltür auf die für dörfliche Verhältnisse herrschaftliche Treppe hinaus. Brütende Hitze lag über dem Nachmittag. Die wenigen Menschen, die um diese Zeit nicht am See weilten oder in einem schattigen Gastgarten saßen, schleppten sich mehr durch die Straßen, als sie flanierten. Katzmeyer entschloss sich, das Grab seiner Tante aufzusuchen. Die Blumen benötigten dringend Wasser. Und auf dem Weg dorthin konnte er in Ruhe über die weiteren Schritte nachdenken. Der Fall wurde immer verzwickter. Der Bürgermeister hatte seines Erachtens nach zwar mit der Sache zu tun, aber sein kriminalistischer Instinkt sagte ihm, dass er nicht der Mörder war. Und auf seinen Instinkt konnte er sich bisher immer verlassen. Der hatte ihn nur selten getrogen.

Tante Elses Grab

Katzmeyer betrat den Friedhof von der Seeseite her. Sechs Terrassen zogen sich über einen kleinen Hang bis zur Straße hoch. Der Totenacker war wie jeder Friedhof von einer Mauer eingefasst. Katzmeyer fand das immer schon sonderbar, dass Friedhöfe von Mauern umgeben waren. Er fragte sich, wer da vor wem beschützt werden musste. Die Lebenden vor den Toten oder nicht doch eher die Toten vor den Lebenden, damit sie sich endlich, jetzt, da das Leben hinter ihnen lag, befreit von allem allzu Menschlichen, den wichtigen Dingen widmen konnten. Trotz seines Atheismus lösten Friedhöfe in Katzmeyer immer die Frage nach den letzten Dingen aus. Vielleicht war er wirklich zu viel mit dem Tod beschäftigt, sodass er manchmal vergaß, die Lebenden genug zu würdigen.

Die Friedhofsmauer war mit neuen frischen Lärchenschindeln bedeckt, die so hell strahlten, als wären sie gestern erst angebracht worden, und die so im Widerspruch standen zu den teilweise verwitterten Gräbern, die entlang der Einfassung wie hingeworfen unter dem Efeu verborgen lagen.

Katzmeyer nahm eine der von der Pfarrei zur Verfügung gestellten Gießkannen und füllte sie mit Wasser. Er trug sie zum Urnengrab seiner Tante Else und ließ das aus tiefem Grund geschöpfte Nass gleichmäßig über das noch frische Grab fließen. Gierig sog der vom heißen Wind und der prallen Sonne ausgedörrte Boden die Flüssigkeit auf. Das überschüssige Wasser, das nicht schnell genug einsickern konnte, lief die brüchige Kruste entlang und über den Grabrand hinaus in den Kiesboden, der zwischen den Gräbern für den leichteren Zugang der Besucher aufgeschüttet worden war.

Katzmeyer liebte Friedhöfe. Sie hatten für ihn etwas Beruhigendes. Auf ihnen lagen die Opfer, für die er so viel Lebenszeit aufwendete, um die zu fassen, die sie hierher brachten. Niemand getraute sich, hier laut zu sprechen, außer jungen Leuten, für die es eine Mutprobe darstellte, die Stille des Ortes zu durchbrechen. So sehr er diese Totenruhe liebte, so sehr hasste er Begräbnisse. Seine Tante hatte immer gesagt: Es gäbe nur wenige Begräbnisse, die es lohnen würden, dabei sein zu wollen. Den letzten Weg sollte der Mensch nur mit denen gehen, die einem schon vor dem Tod einen bedeutsamen Platz im eigenen Leben eingeräumt hatten. Aus diesem und anderen Gründen wollte sie verbrannt werden, um nicht als Leichnam langsam dahinmodern zu müssen, Die heimischen Würmer sollten keine Nahrung an ihr finden. In einer Urne wäre sie geschützt. Immer gut aufgehoben. Da wäre ihr nie kalt. Oben gut verschlossen. Aufbewahrt für die Ewigkeit. Hätte sie es sich aussuchen können, wäre sie lieber in ihrem Garten verstreut worden. Unter den von ihr gepflanzten hohen Bäumen hätte sie ruhen wollen. Im Sommer reichlich beschattet, im Winter sicher vor Schnee und Eis und bei Regen von den Tannennadeln behütet. In den verblühten Blumenbeeten des kommenden Herbstes hätte sie einen wunderbaren Dünger und Nahrung für die Blüte im nächsten Frühjahr abgegeben.

Der Tag des Begräbnisses war ein schöner Tag gewesen. Warm, nicht heiß, beinahe frühlingshaft. Katzmeyer konnte in kurzen Ärmeln die Grabrede halten, die sich die Tante von ihm gewünscht hatte. Einer sollte sprechen, hatte sie gesagt. Einer, der wusste, wer sie war und was sie in ihrem Leben richtig und falsch gemacht hatte. Und ihm hatte sie es zugetraut und anvertraut, dieses Leben in kurzen, bündigen Worten zu erzählen. Für Katzmeyer war es eine Bürde gewesen, die ihm seine Tante auferlegt hatte. Tagelang rang er um die richtigen Worte und fand sie dann doch noch, wie ihm die anwesenden Trauergäste einhellig bestätigten.

Katzmeyer war so in das Wiedererleben des Begräbnisses versunken und hatte dabei nicht bemerkt, wie Erwin Steinwendter, über den Kiesweg kommend, sich ihm näherte, an ihn herantrat und in einem Flüsterton, der laut genug war, um ihm noch folgen zu können und dennoch dem Ort angemessen schien, sagte: »Ich kannte Ihre Tante.« Katzmeyer zuckte zusammen und drehte sich zu Steinwendter um. Er starrte ihn wie einen Geist an. Dieser ließ sich jedoch nicht irritieren: »Sie war eine aufrechte und freundliche Frau. Einer der wenigen in St. Wolfgang, auf die ein Mensch vertrauen konnte.«

»Steinwendter, Sie müssen aufhören, sich so an mich ranzuschleichen«, sagte Katzmeyer. »Mich trifft noch eines Tages der Schlag, und das kann doch nicht in Ihrem Interesse liegen. Wer wird dann die Ermittlungen für Sie durchführen?«

»Entschuldigen Sie, Katzmeyer. Aber ich habe in den letzten Jahren gelernt, mich unsichtbar zu machen. Nur wer unsichtbar ist, kann seine Sache voranbringen. Ich wollte Sie in Ihrer Andacht nicht stören. Der Tod Ihrer Tante ist ja noch nicht lange her.«

»Das ist schon in Ordnung, Steinwendter. Meine Tante hatte einen lockeren Umgang mit dem Tod. Sie würde sich freuen, wenn ab und zu zwei Menschen vor ihrem Grab zusammenkommen und einen Plausch halten. Das würde ihr ein wenig die Langeweile vertreiben. Wo hat Ihr Sohn seine letzte Ruhe?«

»Drei Reihen höher«, sagte Steinwendter. »Dort drüben, links.«

»Würden Sie es mir zeigen?«, fragte Katzmeyer.

»Ja, lassen Sie uns hinübergehen. Die Gießkanne können Sie mir überlassen. Ich muss die Blumen am Grab gießen. Heute ist ein trockener, föhniger Abend zu erwarten.«

Steinwendter nahm Katzmeyer die Gießkanne ab und ging den Friedhofsweg nach oben. Er stieg die drei Stufen zur ersten Terrasse hoch, befüllte die Kanne mit Wasser und trug sie zur zweiten Terrasse. Das Grab, in dem Andreas Steinwendter ruhte, war das sechste in der Reihe.

Katzmeyers Blick wanderte über den Grabstein. Darauf standen Namen und Jahreszahlen. Über den Namen war eine kleine Emailplakette befestigt, auf die eine Marienfigur gemalt war. Die Todesdaten ließen darauf schließen, dass es sich dabei um die Eltern von Erwin Steinwendter, seine Frau und seinen Sohn handelte. Steinwendter goss sorgsam die Blumen und begann dann, nachdem er die Kanne abgestellt und die Hände vor dem Körper gefaltet hatte, zu sprechen. Wie schon in der Hütte ließ er den Kopf gesenkt und murmelte ein leises Gebet, ehe er sich, die Stimme erhebend, an Katzmeyer wandte.

»Der Tod ist kein Ende. Mit dem Tod beginnt es erst richtig. Zumindest glaube ich das. Wie ist das bei Ihnen, Katzmeyer?«

»Ich bin kein gläubiger Mensch. Ich bin katholisch getauft. Glaube aber nur an die Wissenschaft. An die Beweise. Alles andere wäre in meinem Berufsstand unangemessen.«

»Da haben Sie recht, Katzmeyer.« Steinwendter hielt kurz inne und fügte dann hinzu: »Es war ein schönes Begräbnis. Alle sind sie dagewesen. Die Freunde aus der Schulzeit, die Freunde, die er während des Studiums in Wien kennengelernt hatte, die ehemaligen Lehrer, selbst die, die ihn am Gewissen haben, sind gekommen. Ich habe ihre Schuld erkannt. Sie haben am lautesten gebetet. Die Unheiligsten müssen Gott am lautesten anrufen, um ihre Sünden mit ihrem eigenen Geschrei zu übertönen. So ist das, wenn einer mit dem Herrgott hadert, dann betet er besonders viel und laut. Alle sollen ihre Gottesfürchtigkeit sehen und hören. Doch das wird ihnen nichts nützen. Selbst wenn meinem Buben auf Erden keine Gerechtigkeit widerfahren sollte. Gott wird die Halunken nicht davonkommen lassen. Davon bin ich überzeugt.«

»Ich war heute beim Bürgermeister«, wechselte Katzmeyer das Thema. »Im Dorf wissen sie, dass ich mit Ihnen gesprochen habe. Wir brauchen also nicht mehr heimlichtun.«

Steinwendter wandte sich an Katzmeyer. »Was hat er denn gesagt, der falsche Hund?«

»Das können Sie sich wohl denken. Er meint, dass Sie spinnen und dass alles mit rechten Dingen zugeht in der Gemeinde und dass er keinen Anlass hatte, Ihren Sohn zu töten. Und wenn es sein müsste, würde er alle Akten offenlegen zu dem Bau des Kurhotels.«

»Natürlich ist rechtlich alles in Ordnung. Er wird die Lücken schon geschlossen haben. Deswegen bekomme ich ja kein Recht zugesprochen. Die Vorgehensweise beim Hotelbau ist zwar fragwürdig, aber ob sie rechtlich strafbar war, will ich gar nicht beurteilen. Was ich ihm vorwerfe, ist, dass er dafür meine Familie geopfert hat. Er hat meinen Sohn am Gewissen. Er und diese hinterhältigen Bauherren.«

»Bisher habe ich keinen Beweis«, sagte Katzmeyer.

»Den Beweis werden Sie auch nicht finden.«

»Warum haben Sie sich denn in die drei von Ihnen genannten Personen als Täter verbissen?«

»Weil es die einzigen drei sind, die ein Motiv haben. Hätte der Andreas überlebt, wäre das Hotel nicht gebaut worden. Und der Tod vom Andreas hat eine Kettenreaktion ausgelöst. Meine Tochter ist unglücklich und hat sich an einem anderen Ort niedergelassen. Meine Frau ist meinem Sohn zwei Jahre später gefolgt. Das war für mich eine noch grausamere Zeit.«

»Wie meinen Sie das?«

»Begleiten Sie mich noch zum Parkplatz, Katzmeyer? So sehr ich die Gespräche mit Ihnen genieße, aber ich habe heute noch zu arbeiten.«

»Gerne«, stimmte Katzmeyer zu und sah aus dem Augenwinkel, wie Steinwendter sich bekreuzigte, ehe er ihm auf dem schmalen Kiespfad vor den Gräbern zum Hauptweg folgte.

»Meine Frau ist an Krebs gestorben. Krebs ist eine Krankheit, die nicht von heute auf morgen kommt. Aber der Tod von Andreas hat den ganzen Prozess beschleunigt.«

»Meine Frau starb auch an Krebs.«

»Dann wissen Sie ja, wie das ist, wenn man einem Menschen zuschauen muss, wie er immer weniger wird. Wie die Medikamente ihm jeden Lebenswillen rauben, und ein Mann hilflos zuschauen muss, wie die Frau, die er geliebt hat, unter seinen Blicken verfällt. Ich habe viel bei meinem Buben geweint, und ich bin ein Mann, der sich dafür nicht geniert. Bei meiner Frau waren dann keine Tränen mehr über. Für sie musste ich stark sein.«

Steinwendter verstummte unvermittelt, als die beiden Männer durch das schmiedeeiserne Tor den Friedhof verließen und auf die Straße traten. Katzmeyer war es unangenehm, mit einem derart traurigen Gesprächsende von Steinwendter Abschied nehmen zu müssen. Er beschloss, das Thema wieder auf den Fall Andreas zu lenken: »Der Bürgermeister sagte, Sie hätten den Andreas mit Ihrem Ehrgeiz in den Tod getrieben. Er hätte in Ihrem Bann gestanden.«

Steinwendter drehte sich plötzlich zu Katzmeyer um und sah ihm direkt in die Augen. Seine sanfte, traurige Stimmung, die das Gespräch über den Tod seiner Frau in seinem Körper eingezeichnet hatte, verwandelte sich plötzlich in eine aggressive und gewalttätige Haltung, so als wolle er Katzmeyer jeden Moment anspringen und seine Hände um seinen Hals legen.

»Die Selbstmordtheorie«, zischelte Steinwendter und packte Katzmeyer am Arm und zog ihn in die Kapelle, die sich gleich neben dem Friedhofseingang befand. »Dazu muss ich Ihnen einiges sagen.«

Katzmeyer spürte noch immer den festen Druck von Steinwendters Hand auf seinem Unterarm, als dieser sich im Dämmerlicht der Kapelle längst wieder von ihm zurückgezogen hatte. Er war einen Schritt zurückgetreten, offenbar erschreckt über seinen Ausbruch.

»Entschuldigen Sie meine grobe Art, Herr Katzmeyer. Aber da draußen kann ich nicht mit Ihnen über diesen Vorwurf sprechen. Das ist die größte Sauerei.«

»Schon gut, Steinwendter, ich halt einiges aus«, versuchte Katzmeyer, sein Gegenüber zu beruhigen.

»Im Angesicht Gottes soll der Mensch nicht laut werden«, setzte Steinwendter mit deutlichem Empören in der Stimme fort. »Als ich angefangen habe, die ganze Sache mit dem Andreas aufzurollen, habe ich es mit der Justiz und der Polizei zu tun bekommen. So wenig gründlich sie im Fall des Todes vom Andreas ermittelt haben, so systematisch verfolgten sie mich, als ich meine Anschuldigungen erhob. Auch das macht mich so sicher, dass einer von ihnen hinter dem Mord am Andreas steckt. Sie wollten mich entmündigen lassen, weil ich meine Theorien nicht aufgab und eine Klage nach der anderen eingebracht habe. Das zu verhindern, gelang nur dank meiner Tochter und einer unabhängigen Gutachterin, die meine Zurechnungsfähigkeit bestätigte. Und als sie so nicht an mich rankamen, brachten sie plötzlich die Selbstmordtheorie auf. Sie sehen, warum ich das Tagebuch nicht als Beweis einbringen konnte. Ich habe meinen Sohn nicht in den Tod getrieben. Wir hatten unsere Probleme. Sicher. Aber ich habe meinen Sohn zu nichts gezwungen. Ich war ehrgeizig, weil er es einmal besser haben sollte. In den letzten Jahren haben die Halunken sich das Gesetz so hingebogen, wie sie es brauchten. Wenn sie wirklich wissen wollen, wie es zugeht in diesem Ort, dann setzen Sie sich mit Franz Rhab in Verbindung.«

»Franz Rhab, der Gemeinderat?«, fragte Katzmeyer nach und war froh, dass Steinwendter sich wieder beruhigt zu haben schien.

»Ja. Er sitzt seit Jahren als unabhängiger Mandatar im Gemeinderat und kennt die Machenschaften sehr genau. Er hat jeden Winkel des Budgets durchleuchtet. Er hat sich Akten ausgehoben. Hat einiges zur Anzeige gebracht, ist aber wie ich an der Justiz gescheitert. Selbst bei dokumentierten Rechtsverstößen der Gemeinde haben die Behörden tatenlos zugesehen. Der Skandal reicht bis in die allerhöchsten Kreise.«

»Gut, ich werde mich mit ihm in Verbindung setzen. Haben Sie seine Telefonnummer?«

»Ja, natürlich.« Steinwendter holte sein Telefon aus der Jackentasche.

Katzmeyer beobachtete Steinwendter, wie er flink und geschickt die Tastatur bediente. Steinwendter hatte sich mit der neuen Technik wesentlich leichter angefreundet als er selbst. Katzmeyer misstraute der Technik nicht unbedingt. Er wusste, dass sie ihm den Arbeitsalltag immens erleichterte, aber es blieb ein Rest von Ungehorsam gegenüber den neuen Gerätschaften, die in seiner Abteilung in den letzten zwanzig Jahren eingedrungen waren.

»Hier haben Sie die Nummer«, riss Steinwendter den Ermittler aus seinen Gedanken und hielt ihm das Telefon mit ausgestrecktem Arm vors Gesicht.

Katzmeyer holte sein Notizbuch aus der Tasche und notierte darin mit Bleistift den Namen und die Telefonnummer des Gemeindemandatars Franz Rhab.

»Noch einer von der alten Schule«, konnte Steinwendter sich eine ironische Bemerkung nicht verkneifen und grinste Katzmeyer wieder sichtlich entspannt und beruhigt an, als die beiden die Kapelle verließen.

»Ja, so ist es«, erwiderte Katzmeyer und fügte hinzu: »Ich werde mich gleich mal mit Franz Rhab in Verbindung setzen.«

»Kann ich Sie irgendwohin mitnehmen?«, fragte Steinwendter.

»Nein danke, ich geh lieber zu Fuß. Also, bis bald«, beendete Katzmeyer das Gespräch und streckte Steinwendter seine Hand entgegen, die dieser bereitwillig ergriff und fest zum Abschied drückte. »Ich halte Sie am Laufenden. Und ich bitte

Sie, kündigen Sie Ihr Erscheinen in Zukunft an. Ein Räuspern würde schon genügen.«

»Mach ich«, versprach Steinwendter. »Und noch einen schönen Tag, Katzmeyer.«

»Den wünsche ich auch«, sagte der Ermittler und blickte Steinwendter nach, der zu seinem Wagen eilte und rasch davonfuhr. Katzmeyer setzte sich in Richtung Ortszentrum in Bewegung und wählte die Nummer von Franz Rhab.

»Guten Tag, Herr Rhab. … Mein Name ist Katzmeyer. … Ja, genau der. … In diesem Ort bleibt ja tatsächlich nichts verborgen. … Erwin Steinwendter hat mir Ihre Telefonnummer gegeben. Ja, genau. Es geht um seinen Sohn. Hätten Sie Zeit für ein Gespräch? … Worüber? Über die Gemeinde. Steinwendter meinte, wenn einer mir ein umfassendes Bild verschaffen könnte, dann wären Sie das. … Gut, und wann? … Morgen Mittag? Und wo? Ja, am Schwarzensee. Bei der *Lore*. Das scheint mir angemessen. Ich freue mich und bedanke mich im Voraus. … Ja, wir sehen uns.«

Katzmeyer folgte dem Radweg, der gleichzeitig auch Gehsteig war, in Richtung Ortszentrum und versuchte, bei jedem neuen Klingeln den herannahenden Radfahrern auszuweichen. Selbst jetzt, am späteren Nachmittag, war es immer noch brütend heiß. Die herannahenden Hundstage warfen ihre Schatten voraus. Steinwendter schien recht zu behalten, es würde ein Abend werden, der vom Saharawind angetrieben, alles austrocknen würde, was am Tag zuvor noch in der feuchtwarmen Abendluft ein wenig Tau bilden konnte. Es gab wenige Tage in St. Wolfgang, an denen der Mensch das Gefühl hatte, es sei nicht Herbst oder später Frühling, sondern Sommer. Das war ja auch der Grund, warum Städter in Scharen in die Sommerfrische geflüchtet waren. Die warme und kühle Abendluft trieb sie in alle gottverlassenen Herrgottswinkel dieses Landes.

Leopold

Katzmeyer stieg durch den Wald zum Schwarzensee hoch, um zu Mittag den Gemeinderat Franz Rhab zu treffen. Es war zehn Uhr morgens, und die Sonne brannte vom Himmel. Sein Telefon klingelte. Er fischte es aus der Hosentasche und blickte auf die Nummer. Das Büro war dran. Doch nicht irgendwer. Der Chef persönlich. Katzmeyer nutzte die Gelegenheit, um eine Verschnaufpause einzulegen.

»Guten Morgen, Chef«, sagte Katzmeyer. »Mir geht es gut. … Die Villa? … Macht gute Fortschritte. … Erholung? … Na ja. … Erholung ist es nicht direkt. … Was gibt es denn? … Sie rufen doch nicht an, um sich nach meinem Befinden zu erkundigen. … Ob ich Ermittlungen im Fall Steinwendter durchführe? … Sie wissen doch, das dürfte ich gar nicht. … Nicht meine Zuständigkeit. … Es gab eine Beschwerde? … Von ganz oben? … Ich soll mich fernhalten. … Von wem? … Von dem Fall? … Was für ein Fall? … Andreas Steinwendter. … Ok. … Aber mir wurde versichert, dass es gar keinen Fall gäbe. … Die Staatsanwaltschaft hat sich beschwert? … Gut. … Ich habe verstanden. …. Wenn Sie meinen. … Ja, ich verstehe Ihre Situation. … Sie können nicht anders. … Ja, meine Entscheidung. … Hab Sie schon verstanden, Chef. … Danke für die Informationen. … Ich werde es mir überlegen. … Gut. … Wir sehen uns in zwei Wochen. … Danke. … Auf Wiederhören.«

Katzmeyer legte auf und blickte noch kurz auf das Handy, bevor er es in der Tasche verschwinden ließ. Er war verblüfft, wie rasch seine Befragungen bis nach ganz oben vorgedrungen waren. Er hatte nur an der Oberfläche gekratzt, und schon pfiffen sie ihn zurück. Wovor hatten sie Angst in diesem Dorf? Hatte Steinwendter am Ende recht, dass die Kontakte des Bürgermeisters bis in die höchsten Kreise reichten? Oder zog noch jemand anderer im Hintergrund die Fäden, und der Bürgermeister war nur sein Erfüllungsgehilfe? Sein Chef wusste genau, dass es keinen Sinn hatte, ihn an die Kommandokette zu erinnern. Dennoch musste er nach einer Anweisung aus dem Ministerbüro Handlungen setzen, und so appellierte er an Katzmeyers Vernunft. Er hatte ihm mit der Rückholung aus dem Urlaub gedroht. Seine einzige Chance war es, ihn aus der Mitte des Geschehens abzuziehen. Katzmeyer war wie ein Spürhund. Hatte er die Witterung erst einmal aufgenommen, folgte er der Fährte des Täters, bis er ihn gestellt hatte. Und dann war da noch Katzmeyers Schwur, den er damals in seinen Tagen an der Universität mit seinem Freund Holleis geleistet hatte. Der Holleis, der als einer der wenigen dem Rechtsstaat mit einer Ernsthaftigkeit begegnete, als hinge daran nicht nur das eigene, sondern auch das Leben aller Bürger einer Nation. Der Holleis, der jetzt Staatsanwalt in Wien war und ihm bei so manchem Fall helfend unter die Arme gegriffen hatte. Seinen Verbindungen in den Justizapparat war es zu verdanken, dass scheinbar aussichtslose Fälle überhaupt verfolgt werden konnten und Katzmeyer noch immer Teil der Behörde blieb und so Opfer und Angehörige eine Stimme erhielten.

Dieser Schwur, den er mit dem Holleis vor dreißig Jahren geleistet hatte und der eine einfache Formel enthielt, verhinderte, dass Katzmeyer hoffnungsvolle Fälle einfach aufgab. Dieser Schwur besagte, dass kein Vergehen ungeklärt bleiben dürfe, wenn es erst einmal als solches erkannt worden sei. Was wäre denn Katzmeyers Arbeit wert, wenn er sich von einem lächerlichen Telefonat von diesem Schwur abbringen ließe? Was wäre dieser Rechtsstaat dann noch wert? Der Steinwendter hatte verdient, dass ihm geholfen wurde. Nicht, weil er etwas Besonderes war und so viel Energie in die Aufklärung der Todesumstände seines Sohnes investiert hatte, sondern weil er ein Bürger war, der ein Recht auf Schutz und Gerechtigkeit hatte.

Er war so in Gedanken vertieft, dass ihm nicht aufgefallen war, dass er sich noch immer am selben Platz im Wald befand. Auf engstem Raum war er im Kreis gelaufen wie ein Tier im Käfig. Er blieb stehen. Irgendetwas hatte sich bewegt. Er blickte sich um. Ein lauer Wind ließ die Blätter rauschen. Föhn hatte sich über das Land gelegt. Niemand war zu sehen. Er hatte das gleiche Gefühl wie vor Tagen, als Steinwendter plötzlich vor ihm gestanden hatte. Doch diesmal ließ er sich nicht davon abbringen, auf seine Intuition zu hören. Er drehte sich ganz langsam um die eigene Achse, und als er wieder den Weg in Richtung seines Ausflugszieles entlangblickte, stand dort in dessen Mitte ein junger Mann mit Hund. Ein wunderschöner brauner Jagdhund. Katzmeyers erste Assoziation war ein Gemälde, wie es hier in St. Wolfgang in allen Bauernstuben hing. Stilisierte Jagdrituale. Was fehlte, war der erlegte Hirsch, auf dessen von Schrot gekrümmten Rücken der Jäger seinen Fuß pflanzte, um Recht, Anspruch und Macht zu demonstrieren.

Das Stoische in der Haltung des Burschen beunruhigte Katzmeyer. Das um die Schulter geworfene Gewehr wurde von der Hand des Mannes eng an den Körper gezogen. Ebenso der angeleinte Hund. Die Leine kurz gehalten, sodass der Hund sich sitzend eng an das Bein des Jägers schmiegte. Kein Beißkorb. Die Szene war bizarr und beängstigend zugleich. In diesem Bündnis der beiden Figuren lag mehr Drohung, als hätte der Mann das Gewehr auf Katzmeyer angelegt. Der Weg war ausgefüllt von einer eindeutigen Warnung, die ein Weitergehen unmöglich erscheinen ließ. Katzmeyer wartete, dass der Mann den Weg frei geben würde, doch das geschah nicht. Der Jäger war seinetwillen gekommen, und der Ermittler war der Hirsch, den es zu erlegen galt. Der Mann ließ ihn nicht aus den Augen und wartete auf die erste, möglicherweise falsche Reaktion von Katzmeyer. Beklemmende Stille breitete sich aus, und der vormittägliche, warme Sommer nahm die Schweigsamkeit in sich auf und ließ Katzmeyer in dieser ruhigen, beinahe vollkommen beherrschten Gewalt allein zurück. Dieser absonderliche und undurchschaubare Mann schüchterte Katzmeyer ein. Er musste sich entscheiden, ob er voranschreiten oder umkehren sollte. Er machte einen Schritt auf den Jäger zu und begrüßte ihn mit den freundlichsten Worten, die er in dieser Situation aufbringen konnte: »Grüß Gott, mein Herr! Einen schönen Hund haben Sie da.«

Jetzt ärgerte er sich, dass er den Wanderstock, den er im Haus seiner Tante schon seit seiner Ankunft bei der Tür lehnen sah, verschmäht hatte. So hätte er nun zumindest ein waffenähnliches Instrument zur Hand gehabt, mit dem er sich das immer noch reglos dahockende Tier vom Leib halten hätte können, falls es losgelassen worden wäre. Doch ein Stock hätte ihm nicht geholfen, um sich gegen das Biest zu wehren. Ohne Schusswaffe war ein Mensch der Entschlossenheit eines Jagdhundes von dieser Größe vollständig ausgeliefert, und jede

Form der Gegenwehr würde ihn nur anstacheln und den sicheren Tod bedeuten, wenn der Hundeführer nicht eingriff.

Schon beim ersten Schritt, den Katzmeyer auf die beiden zutrat, ließ der Bursche die Leine locker, sodass der Hund sich auf allen vier Pfoten aufrichtete und den Kopf leicht nach vorne brachte.

»Bleiben Sie stehen, Herr Katzmeyer«, brummte der Mann.

Katzmeyer, der sich längst nicht mehr wunderte, dass die Menschen hier ihn kannten und beim Namen nannten, nahm die Aufforderung des Mannes ernst. Unvermittelt blieb er stehen.

»Sagen Sie mir, wie Sie heißen«, forderte Katzmeyer den jungen Mann auf.

»Das tut nichts zur Sache. Ich soll Ihnen etwas ausrichten.«

»Wer schickt Sie?«

»Auch das braucht Sie nicht zu interessieren. Ich soll Ihnen nur eine Nachricht überbringen. Mehr nicht.«

»Und dafür haben Sie ein Gewehr und einen Hund mitgebracht? Hätten Sie mich nicht anrufen können?«

Der Mann ignorierte Katzmeyers ironischen Unterton: »Ich bestelle Ihnen, dass Sie sich gefälligst aus den Angelegenheiten in St. Wolfgang heraushalten sollen. Die Menschen wollen Sie hier nicht. Der Fall Steinwendter ist unsere Sache. Wir regeln die Dinge hier auf unsere Weise.«

»Das ist mir nicht verborgen geblieben«, antwortete Katzmeyer. »Aber wie stellen Sie sich das vor? Ich kann als Kriminalbeamter doch nicht ignorieren, wenn mich jemand um Hilfe bittet.«

»Das habe ich nicht zu entscheiden. Nehmen Sie diese Nachricht ernst. Kümmern Sie sich um die Villa Ihrer Tante und verlassen Sie danach St. Wolfgang. Vor allem: Halten Sie sich von Steinwendter fern.«

»Und was wollen Sie tun, wenn ich bleibe und weiter Fragen stelle?«

Die Antwort folgte auf dem Fuß. Der Mann ließ die Leine los, der Hund schoss auf Katzmeyer zu, warf sich gegen seinen großen, knochigen Körper und brachte ihn zu Fall. Katzmeyer hatte keine Chance, zur Seite zu springen. Er spürte den Atem des Tieres ganz nahe an seinem Gesicht. Die Pfoten wogen schwer auf seiner Brust, und er wagte nicht einmal zu atmen. Aus den Augenwinkeln konnte Katzmeyer sehen, wie der Bursche seine reglose Haltung aufgab und mit raschen Schritten auf ihn zukam. Er nahm die Leine in seine kräftige Hand, schloss seine muskulösen Finger um die Schlaufe, senkte seine Schultern, sodass sein Gesicht neben das des Tieres gelangte und sprach ganz leise ins Ohr seines Kameraden: »Leopold, das tut ein guter Hund nicht. Der Mann hat doch noch nichts getan.« Katzmeyer konnte dem Mann ins Gesicht sehen und spürte die blanken und weißen Zähne des Hundes ganz nahe an seinem Hals. Die nächsten Worte richteten sich an ihn: »Diesmal haben Sie nur unseren Atem gespürt, das nächste Mal werden es unsere Zähne sein, die sich in Ihr zähes Fleisch schlagen werden. Sie haben mich vorhin nach meinem Gewehr gefragt. Das brauche ich nicht. Das macht hässliche Spuren. Es würde alle sofort zu mir führen. Ich habe eine viel bessere Waffe, und ich würde keine Minute zögern, sie einzusetzen.«

Dabei klopfte der Mann seinem Hund auf den Rücken, richtete sich auf und zog Leopold von Katzmeyers Brust hoch, drehte sich um, nahm die Leine kurz und ging, ohne weitere Worte zu verlieren oder sich umzublicken, davon. So rasch, wie er aufgetaucht war, so schnell war er auch wieder verschwunden. Katzmeyer blieb regungslos auf dem Rücken liegen. Er wusste später nicht zu sagen, ob es eine Minute oder eine Viertelstunde gewesen war. Er schloss die Augen, um in sich zu sammeln. Als er sie wieder öffnete, stand Steinwendter neben ihm.

»Das war knapp, Katzmeyer.«

Katzmeyer schloss noch einmal kurz die Augen, bevor er sich auf seinen Ellbogen aufstützte, ein wenig aufrichtete und dann zu Steinwendter sagte: »Was tun Sie denn hier, Steinwendter?«

»Soll ich Ihnen aufhelfen?«, fragte Steinwendter und streckte ihm die Hand entgegen.

»Gern«, sagte Katzmeyer und nahm die dargebotene Hand, die ihn mit einem raschen Ruck vom Boden aufzog. Katzmeyer klopfte sich den Staub aus seiner Hose und fügte hinzu: »Wo kommen Sie denn auf einmal her?«

»Ich bin immer in Ihrer Nähe. Seit unserem ersten Treffen habe ich Sie nicht mehr aus den Augen gelassen. Und das war gut so.«

»Kontrollieren Sie mich?«

»Das ist das falsche Wort, Katzmeyer. Ich passe auf Sie auf. Sie sollten nicht allein durch den Wald streifen, jetzt nicht mehr. Ich habe Ihnen doch gesagt, die Menschen in St. Wolfgang sind zu allem fähig. Glauben Sie mir jetzt?«

»Warum sind Sie nicht früher aufgetaucht?«

»Ich wusste, dass Ihnen der Wolfgang nichts tut. Er hat nur im Auftrag gehandelt. Wolfgang ist nur für die Botschaften zuständig. Die Taten setzen andere.«

»Na, da kann ich von Glück reden, dass Sie den Überblick haben.«

»Sie können sich auf mich verlassen, so, wie ich mich auf Sie verlassen kann. Ich habe Sie da mit hineingezogen. Einen dritten Toten werde ich nicht dulden.«

»Wer ist denn dieser Wolfgang eigentlich?«, fragte Katzmeyer und versuchte, mit Sachlichkeit seinen noch immer tief in den Knochen sitzenden Schrecken zu vertreiben.

»Wolfgang ist der Sohn des Amtsleiters Herzog«, sagte Steinwendter.

»Aber das ist doch absurd. Das ergibt nach allem, was Sie mir bisher erzählt haben, keinen Sinn. Nicht, dass ich Herzog keine Mittäterschaft zutrauen würde, aber wenn das stimmt, was Sie sagen, ist doch der Bürgermeister der Kopf der Bande.«

»Das habe ich so nie behauptet. Ich habe nur versucht, Ihnen einen Eindruck von der Lage zu vermitteln. Der Bürgermeister ist nur einer von vielen. Ich habe Ihnen doch gesagt, Sie müssen unvoreingenommen an den Fall herangehen, sonst werden Sie den Mörder meines Sohnes nicht finden.«

»Sie kennen den Täter«, stellte Katzmeyer fest.

»Ich habe eine Vermutung, das wissen Sie.«

»Und wie hängt Wolfgang Herzog da mit drin?«

»Haben Sie ihn sich genau angesehen?«, fragte Steinwendter.

»Ja«, erwiderte Katzmeyer.

»Er ist furchteinflößend. Er ist die Fortsetzung seines Vaters, nur mit anderen Mitteln.«

»Sein Vater«, murmelte Katzmeyer. »Ja, sein Vater. Der war als Kind auch schon grausam.«

»Das ist der Grund, warum sie Ihnen den Wolfgang und seinen Hund Leopold geschickt haben.«

Der Hund Leopold, hallte es in Katzmeyer nach.

Steinwendters Stimme übte eine besänftigende Wirkung auf

ihn aus. Er war nach diesem Erlebnis froh für jedes beruhigende Wort, selbst wenn es die Alltäglichkeit der Gewalt in diesem Dorf verkündete.

Es dauerte eine Zeit, bis wieder Bewegung in die beiden Männer kam. Schließlich machte Steinwendter den Anfang und ging, ohne zu fragen, in Richtung Schwarzensee davon. Katzmeyer verharrte an seinem Platz.

»Wo wollen Sie hin, Steinwendter?«, rief Katzmeyer.

Steinwendter wandte sich, ohne stehen zu bleiben, um und rief nun schon aus einiger Entfernung dem Ermittler zu: »Ich lasse Sie doch unter diesen Umständen nicht allein *Zur Lore* gehen, aber vorher möchte ich Ihnen noch den Ort zeigen, wo sie meinen Sohn tot aufgefunden haben. Wollen Sie das, Katzmeyer?«

Den vermeintlichen Tatort wollte Katzmeyer unter allen Umständen sehen. Er setzte seinen Körper in Gang, und er folgte dem alten Mann auf dem Fußweg in Richtung Schwarzensee.

Auf dem halbstündigen Fußmarsch sprachen die Männer nicht viel miteinander. Jeder schien seinen eigenen Gedanken nachzuhängen. Katzmeyer war froh über die Stille.

Der Weg führte sie stetig bergauf. Der Baumbestand hier war dicht und hielt die Sonne von den Wegen fern. Trotzdem war es warm und sehr trocken. Die Blätter der Bäume knisterten förmlich, wenn der Wind sie nahe zueinander brachte. So als würden Funken fliegen und den Wald bei der kleinsten elektrischen Entladung in Brand setzen.

Katzmeyer hatte seine Aufmerksamkeit dem Weg zugewandt, der immer enger wurde, bis er schließlich in einen Pfad mündete, der am Fuße eines Abhangs entlangführte. Steinwendter bildete die Vorhut und setzte bedächtig Schritt um Schritt, bis er nach einer Biegung stehen blieb. An dieser Stelle erweiterte sich der Weg zu einer kleinen Einbuchtung, die zwei Männern genug Platz bot, um bequem nebeneinander zu rasten.

»Hier ist es passiert«, sagte Steinwendter und deutete einen steil abfallenden Abhang hinunter, an dessen Ende ein weiterer Weg auszumachen war.

»Hier ist also Ihr Sohn gestorben?«, fragte Katzmeyer.

»Ja. Hier ist er in die Tiefe gestürzt.«

Katzmeyer trat an den Abhang heran und blickte nach unten. Das war gewiss ein Platz, an dem einer ums Leben kommen konnte, dachte er. Das stand außer Zweifel. Aber natürlich wäre es auch gut möglich gewesen, dass Andreas bei den regnerischen Verhältnissen ausgerutscht und dann den Hang hinuntergefallen wäre.

»Er ist nicht gefallen«, entgegnete Steinwendter scharf, als habe er die Gedankengänge Katzmeyers erraten.

Dieser trat wieder vom Abhang zurück, blickte Steinwendter an und ergänzte: »Aber es ist nicht unmöglich.«

»Doch«, widersprach Steinwendter und zog ein paar Bilder aus der Hosentasche, die er Katzmeyer überreichte.

»Was sind das für Fotos?«, fragte Katzmeyer und sah sich eines nach dem anderen genau an.

»Das sind die Tatortfotos«, sagte Steinwendter. »Ich wollte sie Ihnen nicht in der Hütte zeigen, weil sie nur hier, am Ort des Geschehens, verständlich werden.«

Katzmeyer warf einen Blick auf die Fotos und erkannte einen jungen Mann, der sich an einem Baumstamm festhielt. Er umklammerte ihn, wie ein Mensch einen anderen umarmt, um ihn oder sich selbst zu halten.

»Was sagen Sie, Katzmeyer? Kann ein Junge an diesem Abhang hinunterfallen und so zum Liegen kommen? Den Rücken der Talseite zugewendet?«

Katzmeyer schob neuerlich ein Foto hinter das andere. Er musste sich vergewissern, dass er nichts übersah: »Nein, das halte ich für ausgeschlossen. Wenn, dann müsste der Körper vor dem Baumstamm zu liegen kommen.«

»Sehen Sie, Katzmeyer, das ist einer der Gründe, warum ich nie aufgegeben habe, an ein Verbrechen zu glauben.«

»Ihr Sohn müsste multiple Knochenbrüche haben, wenn er hier abgestürzt wäre. Er müsste Schürfwunden aufweisen. Vielleicht ein Schädeltrauma. Das alles hätte eine Obduktion ergeben.«

»Sie sagen es. Doch es gab keine Obduktion. Im Totenschein ist davon nichts zu lesen. Im Totenschein steht nur, dass er eine große Wunde am Kopf hatte.«

»Sie haben den Leichnam doch gesehen«, sagte Katzmeyer. »Hatte Ihr Sohn Schürfwunden?«

»Ich habe den Leichnam gesehen«, presste Steinwendter heraus. Seine Stimme klang bitter, als würde er sich an ein düsteres Bild erinnern. »Es war gespenstisch. Er lag in der Wirtsstube *Zur Lore* auf den Tisch gebettet, die Arme um den Brustkorb gefaltet. Die alte Lore hatte Kerzen aufgestellt, deren Flammen im Luftzug, der durch die offenen Türen und Fenster zog, leicht flatterten. Ich durfte meinen Sohn nicht einmal berühren, Katzmeyer. Ich könnte Beweise vernichten, haben sie gesagt, damals. Das klingt heute noch wie eine Verhöhnung eines verzweifelten Vaters. Beweise verfälschen. So ein Unsinn. Wissen Sie, wie das ist, wenn man den toten Sohn zum Abschied nicht einmal berühren darf? Der Arzt, der Doktor Braumüller, Gott hab ihn selig, auch einer von den Zeugen, die längst gestorben sind, hat die Leichenbeschau vorgenommen. Als ich ankam, war der längst schon weg. Die alte Lore hat mir dann alles erzählt, dass er nur kurz an den Tisch herangetreten sei, die Wunde am Kopf gesehen und protokolliert habe, dass es ein Unfall gewesen sein muss. Der Mann hatte den Tatort nicht gesehen. Nur den Buben auf dem Tisch. Den leblosen Körper. Alpinunfall. Keine Fragen. Keine Kritik an den Ermittlungsmethoden. Wie hätte ich also in dieser Situation feststellen sollen, ob mein Sohn Schürfwunden, ob er gebrochene Rippen, Beine oder Arme hatte? Deshalb habe ich ja später, als ich endlich wieder bei Sinnen war, bei der Polizei und der Staatsanwaltschaft nachgefragt, warum sie denn von einem Alpinunfall ausgegangen seien, weil im Totenschein eben nur die Wunde am Kopf erwähnt wurde und die Kopfwunde mit der Art und Weise, wie mein Sohn nach dem Absturz angeblich zum Liegen kam, nicht wirklich übereinstimmte.«

»Wenn er keine Schürfwunden hatte, dann muss er hier abgelegt worden sein.«

»So ist es, Katzmeyer! Ich weiß, dass auch nach zehn Jahren noch einiges am Körper eines Menschen nachweisbar ist. Wäre er gestürzt, hätte er sich beim Aufschlag am Baumstamm zumindest ein paar Knochenbrüche zugezogen.«

»Das wäre ja ganz einfach zu klären. Sie müssten die Exhumierung der Leiche beantragen.«

»Sie wissen aber schon, dass dafür ein neuer Beweis erforderlich wäre, der die Staatsanwaltschaft dazu bewegen könnte, die Ermittlungen neuerlich aufzunehmen.«

»Sie könnten ein Privatgutachten machen lassen«, schlug Katzmeyer vor. »Eine Exhumierung auf eigene Kosten.«

»Dafür bräuchte ich die Zustimmung des Bürgermeisters. So

ist das Gesetz.«

»Ja, so ist das Gesetz«, wiederholte Katzmeyer den Einwand des alten Mannes.

»Lassen Sie uns gehen, Katzmeyer. Hier ist nichts mehr zu tun. Und Sie haben ja auch noch einen Termin mit dem Gemeinderat Rhab«, sagte Steinwendter.

»Brauchen Sie die Fotos noch?«, fragte Katzmeyer.

»Nein, die können Sie behalten.«

Steinwendter wandte sich zum Gehen, während Katzmeyer noch einen letzten Blick in den Abgrund warf, der sich entlang des Weges in Richtung Schwarzensee zog. Steinwendter ging wieder mit sicherem Tritt und schweigend voran. Als der Weg sich verbreiterte, nahm Katzmeyer den Platz rechts neben Steinwendter ein: »Er soll ein begnadeter Skifahrer gewesen sein, Ihr Sohn.«

»Ja, er war ein begnadeter Skifahrer. Ich habe ihm viel beigebracht. Nicht nur das Schwimmen im See. So unerschrocken er auch gewesen sein mag, vor Wasser hatte er immer Angst«, sagte Steinwendter, und seine Stimme nahm dabei einen weichen Klang an, den Katzmeyer ihm nicht zugetraut hätte.

»Mein Sohn hatte unglaublich viele Talente. Schon als kleines Kind hatte er geschickte Hände. Egal, was er anfasste, es gelang ihm. Er schnitzte aus Holz kleine Figuren und behandelte sie danach mit Schleifpapier, bis selbst die kleinste Unebenheit von der Stelle, wo sie seiner Meinung nach nichts verloren hatte, verschwunden war. Das war auch der Grund, warum er sich schließlich dazu entschlossen hatte, die Holzfachschule in Hallstatt zu besuchen.

Auch mit Steinen konnte er umgehen wie kein Zweiter. Mit ein wenig Mörtel und ein paar Ziegelsteinen konnte er wahre

Kunstwerke zaubern. Er hatte eine Einsicht in die Existenzzustände der Dinge. Mit zehn Jahren hat er im Garten eine Steinmauer gebaut. Ich habe ihm nur Handreichungen gemacht, ihm Tipps gegeben, Tricks gezeigt. Fertig gestellt hat er sie ganz alleine. Und dann hat er Bretter gehobelt und Muster gefräst, kunstvoll und eigenständig. Daraus hat er den Zaun gemacht. Doch all das können Sie nicht mehr sehen. Als das Hotel gebaut wurde, ist das alles weggerissen worden. Sie haben mir zuerst meinen Sohn genommen und dann alles, was von ihm an Existenz in dieser Welt gewesen war.«

Steinwendter blieb unvermittelt stehen und wandte sich Katzmeyer zu: »Und warum sollte sich ein Junge wie er umbringen wollen, ein Junge, der so viel Spaß am Leben und so viele Talente hatte.«

»Manchmal handeln Menschen irrational«, murmelte Katzmeyer.

»Ja, der Mord an meinem Sohn war irrational, die Vertuschung war vorsätzlich«, sagte Steinwendter ein wenig resigniert. »Wir sind da. Ich überlasse Sie jetzt dem Gemeinderat Rhab. Passen Sie auf sich auf, Katzmeyer. Wir haben sie in ihren Nestern aufgeschreckt. Zum ersten Mal können sie sich nicht mehr sicher sein, dass einer ihnen nicht nahekommt. Seien Sie auf der Hut. Einen schönen Tag noch.«

Katzmeyer sah Steinwendter nach, wie dieser sich zurück in die Büsche schlug, und blickte dann hinunter auf den idyllischen Schwarzensee, der ruhig und dunkel beinahe spiegelglatt im Tal lag.

Inside St. Wolfgang

Katzmeyer machte es sich an seinem Lieblingstisch im Wirtshaus *Zur Lore* bequem, der bei der Steinmauer stand und einen herrlichen Blick auf den See bot. Er musste nicht lange warten, da kam die Kellnerin, um ihn nach seinen Wünschen zu fragen. Sein beinahe tägliches Erscheinen im Wirtshaus hatte eine gewisse Vertraulichkeit zwischen ihnen entstehen lassen.

»Guten Tag, Herr Katzmeyer«, sagte die Frau.

Sie hatte ihr Haar zu einem blonden Zopf zusammengebunden und sprach mit einem sympathischen Akzent.

»Guten Tag, Jana«, erwiderte Katzmeyer. »Wieder ein wunderschöner Tag heute, oder? Gut fürs Geschäft.«

»Ja, das können Sie laut sagen.« Dabei lachte sie schallend auf und deutete mit dem Kopf auf die etwas erhöht gelegene Wirtshausterrasse, auf der es sich eine ganze Busladung Touristen bequem gemacht hatte und bereits genüsslich beim Essen saß. Das Besteck klapperte, und die Gläser klirrten. »Manchmal weiß ich nicht, wo mir der Kopf steht und was ich zuerst tun soll. Kassieren, aufnehmen, abservieren.«

»Sie machen das schon«, beruhigte Katzmeyer sie.

»Was darf ich Ihnen bringen, Herr Katzmeyer? Das Übliche und die Karte?«

»Das Übliche, ja. Mit der Karte warte ich noch. Es kommt noch jemand nach.«

»Gerne«, sagte Jana und verschwand in Richtung Theke, die an der Hauswand der Gastwirtschaft aufgebaut war, sodass der Weg zu den Tischen nicht mehr so lang war.

So sehr er immer noch um seine Frau trauerte, sehnte er sich doch manchmal nach weiblicher Gesellschaft. Die Welt, in der er sich bewegte, war trotz Emanzipation und gesellschaftlichem Wandel noch immer eine Männerwelt. Nicht, dass er diesen Umstand nicht zu schätzen wusste. Männer organisierten sich doch sehr einfach.

In der Zusammenarbeit mit Frauen bleibt immer ein Rest von Unbehagen, dachte Katzmeyer.

Er wusste es oft selbst nicht genau zu sagen. Frauen arbeiteten hoch professionell und waren in ihren Tätigkeitsbereichen auch immer unglaublich effizient, aber es blieb eben dieser Rest von Weiblichkeit an ihnen haften, den Katzmeyer nie ignorieren konnte. Frauen fand Katzmeyer einfach angenehmer als Männer, und das war wohl auch der Grund, warum er nicht so gerne an ihrer Seite arbeitete. Die Versuchung durch den weiblichen Körper war einfach zu groß.

Noch bevor er sich weiter in diese Frage vertiefen konnte, trat ein Mann an den Tisch: »Guten Tag, Herr Katzmeyer«, begrüßte er ihn. Der Mann war klein und untersetzt. Am Kopf hatte sich eine kreisrunde Glatze gebildet, dafür hatte er einen langen weißen Bart, der das fehlende Haupthaar mehr als ausglich. Irgendwie erinnerte er ihn an einen zu klein geratenen Weihnachtsmann, dem sie die rote Mütze gestohlen hatten.

»Mein Name ist Franz Rhab«, fügte der Mann hinzu. »Wir haben heute Morgen miteinander telefoniert.«

»Ach ja, der Herr Gemeinderat«, sagte Katzmeyer und erhob sich kurz, um den Gruß zu erwidern. Franz Rhab hatte einen festen Händedruck. »Nehmen Sie doch Platz, Herr Rhab.«

»Lassen wir diese Förmlichkeiten bitte beiseite«, meinte der Gemeinderat und fügte dann hinzu: »Ich bin der Franz.«

»Ich bin der Friedrich«, entgegnete Katzmeyer, als Jana an den Tisch trat, ein Glas Weißwein vor ihn auf den Tisch stellte und zwei Speisekarten hinlegte. »Was wollen … willst du denn trinken, Franz?«

Franz wendete sich an Jana: »Einen kleinen Radler, bitte.«

»Gerne«, sagte Jana, schrieb seinen Wunsch auf und verschwand wieder in die Wirtsstube. Die beiden Männer nahmen die Karten zur Hand und blätterten darin, während Franz Rhab sich an Katzmeyer wandte: »Also, Friedrich, du hast mit Steinwendter Kontakt gehabt?«

»Ja, er will, dass ich mir ein Bild von seinem Fall machen soll, und er meint, du könntest mir dabei helfen.«

»Ich kann dir nur eines sagen, Friedrich. Das ist eine ganz schmutzige Geschichte, die sie mit dem Steinwendter aufgeführt haben. Alle halten ihn für paranoid und für verrückt.«

»Und du?«

»Natürlich ist Erwin schwierig. Aber verrückt und paranoid, nein. Ich bin seit sechs Jahren Gemeinderat in St. Wolfgang. In diesem Ort gibt es genug Anlässe, um verrückt zu werden. Hier herrscht die politische Willkür.«

»Das sieht der Bürgermeister aber ganz anders. Ich war gestern bei ihm, und er hat einen sehr umgänglichen Eindruck bei mir hinterlassen. Er sagt, der Steinwendter sei ein armer Hund, den der Tod des Sohnes um den Verstand gebracht hat.«

»Ja, das ist das freundliche öffentlichkeitswirksame Gesicht unseres Herrn Bürgermeister. Doch wehe, jemand kommt ihm in die Quere, dann bekommt derjenige schnell seine andere

Seite zu Gesicht. Du darfst nicht alles glauben, was sie dir erzählen. Eines habe ich als einer, der nicht hier geboren ist und erst seit fünfzehn Jahren hier lebt, gelernt: Alle versuchen, einen für die eigenen Zwecke einzuspannen. Ich überprüfe jede Aussage, bevor ich jemandem helfe. Dem Erwin habe ich auch erst geglaubt, nachdem er mir seine Unterlagen gezeigt hat.«

»Mir will er sie nicht zeigen«, sagte Katzmeyer. »Er will, dass ich mir selbst ein Bild mache.«

»Eine kluge Entscheidung«, erwiderte Rhab. »Du wirst es nur glauben, wenn du es selbst herausfindest. Ich kann dir jedenfalls nur sagen, dem Erwin haben sie übel mitgespielt.«

»Und wieso hast du nichts dagegen unternommen? Als Gemeinderat hast du doch deine Möglichkeiten.«

»Politische. Rechtlich waren mir immer die Hände gebunden. Politisch habe ich alle Möglichkeiten ausgeschöpft. Gesetze sind dazu da, um gebeugt zu werden, meinen einige. Sie sehen sie nur als Handlungsrichtlinien, nicht aber als Grundlage ihres Handelns. Wer mit so viel Rechtsbrüchen zu tun hatte wie ich, glaubt nicht mehr an den Rechtsstaat.«

»Ich vertrete den Rechtsstaat«, sagte Katzmeyer.

»Versteh mich nicht falsch, Friedrich. Es gibt natürlich viele bemühte Menschen in diesem Staat, die darauf achten, dass die Gesetze eingehalten werden. Doch das nützt denen nicht, die in einem Dorf leben, wo Recht gebeugt wird.«

»Und St. Wolfgang ist so ein Dorf?«, fragte Katzmeyer.

»Dort, wo Wohlstand herrscht, sind die Menschen am schamlosesten und gierigsten. Setz dich doch mal an die Promenade bei der Schafbergbahn und sieh dich um«, sagte Rhab. »Was siehst du da?«

»Menschen«, erwiderte Katzmeyer.

»Nein, das sind keine Menschen. Das sind Touristen. Das ist eine ganz spezielle Sorte Mensch. Für dich mögen sie Menschen sein, aber für die Bewohner von St. Wolfgang sind sie die wichtigste ökonomische Ressource. Aus ihren Körpern schaben sie das Gold, mit dem sie sich selbst mästen. Das sind Weihnachtsgänse, die ausgenommen werden für das zu bereitende Festmahl der Hoteliers, Baumeister und Handelstreibenden.«

»Ich bin auch Tourist. Du magst wohl keine Touristen, oder?«, fragte Katzmeyer.

»Tut mir leid, Katzmeyer. Ich meine nicht die Menschen im Einzelnen, ich meine die Menschen als eine Interessensgruppe. Ich habe nichts gegen den Tourismus. Mein Schwiegervater hat mir zu seinen Lebzeiten immer gesagt, dass der ganze Wohlstand nur von den Touristen kommt. Und dass einer wie ich, der hierhergezogen ist, das nicht verstehen kann. Verstanden habe ich es schon, aber ich habe ihm immer entgegengehalten, dass sie halt dann kein Touristenort wären und weniger Menschen hier leben würden, wahrscheinlich er auch nicht und seine Tochter und ich und seine Enkelkinder. Wir würden halt anderswo leben. Und hier ginge es bäuerlich zu, wie seit eh und je. Die Menschen richten sich immer in dem Leben ein, das sie vorfinden. Die Bedingungen sind gut hier, aber nicht unausweichlich. Und der Tourismus ist die Haupteinnahmequelle, und keiner stellt ihn infrage, nicht einmal ich. Aber muss es denn dieser Tourismus sein? Hier geht es zu wie in der Piefke-Saga. Nur dreißig Jahre zeitversetzt. Was die Wolfganger aus der Sommerfrische gemacht haben, spottet jeder Beschreibung. Sie haben das Dorf in ein Alpen-Disneyland verwandelt. Die Ruhe und Beschaulichkeit sind längst verschwunden. Einst waren wir ein Luftkurort. Heute gibt es an jedem Wochenende eine Autoshow, eine Flugshow, ein Traktorentreffen. Wir ersticken im Individualverkehr. Bei jedem Projekt, das die Gemeinde durchführt, wird überlegt, was der Gast davon haben könnte, denn die Herren Gemeinderäte sind der Meinung, dass alles, was dem Gast nützt, auch dem Einheimischen nützt. Das stimmt aber nicht. Sicher fühlt sich ein Gast wohler, wenn er doppelt so schnell am Ziel ist, weil er eine dreispurige statt einer zweispurigen Transitstraße nutzen kann. Doch frag mal die Menschen, die an dieser Straße wohnen. Ich mag es nicht, wenn Touristen benutzt werden, um den Menschen einzureden, es ginge nicht ohne noch mehr Tourismus. Der Sumpf, von dem dir der Steinwendter sicher erzählt hat, hat viel mit der Gier der Menschen nach noch mehr Größe und noch mehr Geld zu tun. Die Touristen können nichts dafür. Zumindest nicht direkt. Ich sage dir, die Idylle ist gefährlich.«

»Das glaube ich dir gerne.« Katzmeyer nickte. »Aber lass uns doch über Erwin Steinwendter sprechen. Wir sind ja eigentlich wegen dem Tod seines Sohnes zusammengekommen.«

»Du hast recht. Aber nennen wir das Kind doch beim Namen. Nennen wir es ruhig Mord. Und ich sage dir, ich würde jeden Prozess gewinnen. Das ist auch der Grund, warum bisher keiner der feinen Herren in der Gemeinde gegen mich geklagt hat, weil dann alles ans Tageslicht kommen würde.«

»Was macht dich da so sicher? Weißt du, wer es war?«

»Ich habe einen Verdacht.«

In diesem Augenblick trat Jana an den Tisch, und das Gespräch der beiden Männer verstummte.

»Habt ihr euch schon was ausgesucht?«, fragte sie.

»Ich nehme ein Hendlschnitzerl mit Erdäpfelsalat«, sagte Franz Rhab.

»Und Sie, Herr Katzmeyer?«

»Ich nehm einen Schweinsbraten.«

»Gerne.« Jana nahm die beiden Speisekarten mit und verschwand wieder im Schankraum.

»Du hast also einen Verdacht?«, fragte Katzmeyer nochmals nach.

»Ich habe drei Männer in der engeren Auswahl.«

»Wer sind die drei?«

»Die drei großen B. Der Bürgermeister, der Bankdirektor und der Baumeister Lobner. Aber ich will deinen Ermittlungen nicht vorgreifen.«

»Ich ermittle nicht offiziell, das weißt du doch, oder? Ich bin hier nur auf Urlaub. Das ist nicht mein Zuständigkeitsbezirk.«

»Und warum sitzt du dann hier?«, fragte Rhab und strich sich über seinen langen weißen Bart. »Was ist es dann, was du hier tust?«

»Ist das wichtig?«

»Ja, davon hängt ab, was ich dir erzählen werde.«

»Gut. Sagen wir, ich möchte mich ins Bild setzen und einem verzweifelten Mann helfen, seine Zweifel zu beseitigen.«

»Das ist mir sympathisch«, sagte Rhab. »Und wenn sich die Zweifel von Steinwendter als berechtigt herausstellen, wirst du dann handeln?«

»Ich denke, ich werde mich den Fakten nicht verschließen. Ich kann deine Vorsicht verstehen. Aber glaube mir, Ermittlungen, die gründlich gemacht werden, führen immer zu einem Ergebnis. Vielleicht nicht immer zum Ergebnis, das alle beteiligten Parteien sich wünschen. Jeder hat schließlich eine andere Interessenlage.«

»Ich gebe dir recht. Aber unser Problem hier ist ja nicht, dass ermittelt worden wäre, sondern dass die Behörden säumig gewesen sind. Es wurde eben nicht ermittelt. Alle Verfahren werden seit Jahren verschleppt. Wenn keine Verfahren abgeschlossen oder erst gar keine Ermittlungen aufgenommen werden, dann kann kein gültiger Rechtszustand hergestellt werden. Mir gegenüber hat die Polizei angegeben, sie kann nicht tätig werden im Fall Steinwendter, weil die anhängigen Gerichtsverfahren nicht abgeschlossen sind. Sie wissen nicht, auf wessen Seite sie einschreiten sollen. Was soll da einer wie Steinwendter oder einer wie ich noch machen? Die Staatsanwaltschaft sagt, die Akten seien vernichtet worden, weil der Fall zehn Jahre zurückliegt. Und für sie sei der Fall ohnehin abgeschlossen, und wenn der Steinwendter nicht bald Ruhe geben würde, werden sie ihn einweisen lassen müssen. Ein Entmündigungsverfahren gegen Erwin hat es ja schon gegeben. Doch damit sind sie nicht durchgekommen.«

»Nun gut, drei Verdächtige«, sagte Katzmeyer und ignorierte Rhabs neuerliche Angriffe auf die Kollegenschaft. »Was ist ihr Motiv?«

»Das Kurhotel«, sagte Rhab.

»Ja, aber sie haben doch die Bewilligung schon in der Tasche gehabt, und die Versteigerung des Hofes war schon in vollem Gange.«

»Der Andreas war im Begriff, alles an sich zu ziehen und den Hof zu retten. Das hat den Dreien nicht geschmeckt. Wäre der Sohn erst einmal aus dem Weg geräumt, hätten sie leichtes Spiel gehabt. Und so ist es ja dann …«, brach Rhab das Gespräch plötzlich ab, als Jana mit dem Essen an den Tisch herantrat.

»Ein Schnitzel für den Herrn Gemeinderat und einen Schweinsbraten für den Herrn Katzmeyer. Lassen Sie es sich schmecken, meine Herren.«

»Danke«, sagten Katzmeyer und Rhab im Chor und warteten, bis Jana wieder den Tisch verlassen hatte, bevor sie das Gespräch fortsetzten.

»Das sind alles keine Neuigkeiten mehr, die du mir da erzählst«, nahm Katzmeyer das Gespräch wieder auf. »Das hat mir Steinwendter schon alles erzählt. Was ist also das Motiv der drei Männer?«

»Der Bürgermeister hat die Baugenehmigung erwirkt. Die Bank hat den Kredit gegeben, und der Lobner hat den Bauauftrag bekommen, nachdem er das beste Angebot vorgelegt hat.«

»Das hört sich doch alles sehr korrekt an.«

»Ja, natürlich ist alles korrekt gelaufen. Die Schweinerei ist ja auch davor passiert. Die Schweinerei ist die Art und Weise, wie der Lobner sich das Grundstück unter den Nagel gerissen hat.«

»Das wird schwer zu beweisen sein.«

»Deswegen sitzen wir ja hier. Wir brauchen jemanden, der die Macht hat, die drei Verdächtigen herauszulocken. Die Rechtsmittel sind ausgeschöpft. Was es jetzt braucht, sind Aktionen am Rande der Legalität.«

»Ich bin Polizist«, sagte Katzmeyer. »Ihr erwartet doch nicht ernsthaft von mir, dass ich mich in die Illegalität bewege.«

»Ich habe ja gesagt, am Rande der Legalität«, beruhigte der Gemeinderat ihn. »Du musst nichts Illegales tun, um die Leute einzuschüchtern. Allein, dass du hier mit mir sprichst, mit Steinwendter gesprochen hast, macht die Leute unruhig. Wir müssen das System knacken. Wir müssen die, die alle Fäden in der Hand haben, aufschrecken. Erst dann werden wir zum Kern der Wahrheit vorstoßen.«

»Das System?«

»Ja. Das Schweigen der Mehrheit macht die wenigen stark. Hier gibt es nur Bürger, Bauern und Landfremde. Die Bürger und Bauern beherrschen das Dorf, und die Landfremden dürfen darin wohnen.«

»Wer, bitte, sind die Landfremden?«

»Das sind die Menschen, die hier geboren sind, aber nichts mitzureden haben. Die ihr Leben lang hier verbringen, aber keine Vertretung im Gemeinderat haben.«

»Das hört sich kompliziert an.«

»Das ist nicht kompliziert. Die Korruption hier existiert nur, weil die Bürger versagen. Und glaube mir, dieses St. Wolfgang ist nicht heilig. Es ist bigott.«

»Das sind schwere Anschuldigungen, Franz. Kannst du das beweisen?«, fragte Katzmeyer.

»Ein Stall, der auf Steinwendters Grund gebaut wurde. Eine Straße, die falsch vermessen wurde. Das Versteigerungsverfahren. Alles wurde untersucht. Doch die Fälle wurden nicht aufeinander bezogen. Jeder Fall wurde einzeln verhandelt. Und jeder einzelne Fall für sich ergibt keine Schlüssigkeit. Erst wenn du alle Sachverhalte gleichzeitig in den Blick nimmst und sie mit anderen unsauberen Vorfällen in der Gemeinde in Zusammenhang bringst, ergibt sich das Bild eines systematischen und korrupten Gemeinwesens. Doch dieser Mühe unterzieht der Justizapparat sich nicht. Dafür ist er nicht vorgesehen. Unsere Justiz kennt nur die Einzelfallanalyse. Doch der Versuch, die Familie Steinwendter vom Hof zu verjagen, ist älter als das Hotelprojekt.«

»Was für ein Hotelprojekt?«

»Hat dir der Erwin nichts davon gesagt? Das Kurhotel oben

auf der Roith steht auf seinem Grund und Boden.«

»Doch, doch, davon hat er gesprochen.«

»Der Erwin, der Steinwendter, kann das alles beweisen. Leider hört ihm niemand mehr zu.«

»Du bist doch im Gemeinderat. Du könntest für ihn Partei ergreifen.«

»Glaube mir. Ich habe alle Hebel, die mir zur Verfügung standen, in Bewegung gesetzt, aber letztlich reicht der politische Arm unseres Bürgermeisters weiter, als ich je gedacht hätte.«

»Hast du Aufzeichnungen? Hast du alles dokumentiert?«

»Ja, das habe ich. Mein Büro ist voll mit Dokumenten. Aber auch mir hört niemand mehr zu. Alle haben den Fall Steinwendter satt. Da geht kein Wort mehr in die Köpfe der Menschen. Widerstand wird hier rasch zur Nestbeschmutzung. Was glaubst du, was ich mir alles anhören musste, als ich mich auf die Seite vom Steinwendter schlug. Nestbeschmutzer war da noch das harmloseste Wort. Alle haben sie Angst, dass wir mit einem Mord in die Schlagzeilen geraten und die Gäste wegbleiben. Lieber dulden sie ein Unrecht an einem Menschen, als den Profitverlust hinzunehmen. St. Wolfgang ist nicht irgendein Ort.«

»Ich weiß«, sagte Katzmeyer.

»Es ist ein globalisiertes Dorf. St. Wolfgang steht unter Beobachtung. Wir können uns keine Skandale leisten.«

»Dann solltet ihr keine produzieren.«

»Wunderbar, Friedrich. Das solltest du unseren Obersten sagen. Das ist vernünftig gesprochen.«

»Du scheinst wenig Angst davor zu haben, dass der Tourismus nicht mehr genug Profit abwirft.«

»Warum sollte ich? Meine Familie lebt nicht vom Tourismus.

Ich bin nicht von dieser Gemeinde abhängig. Ich habe keine Angst vor den Drohungen der Politiker, der Baumeister, der Bankdirektoren. Und glaub mir, wenn dein Versuch scheitert, werde ich meine Ergebnisse veröffentlichen. Und wenn ich sie nur auf einem Blog sichtbar mache. Mag sein, dass ich politisch aufgegeben habe, persönlich habe ich immer noch den Mut des Verzweifelten in mir. Das wird niemandem in diesem Dorf schmecken. Und Erwin wird ohnehin nicht ruhen, bis er sein Ziel erreicht hat. Ich habe nur Angst, dass er irgendeine Wahnsinnstat setzt, um auf sich und seinen Fall aufmerksam zu machen.«

»Ja, ich denke, da hast du recht. Steinwendter wird nicht aufgeben. Er hat als Einziger eine nie enden wollende Motivation, seinen verstorbenen Sohn«, sagte Katzmeyer.

»Erwin wird nie aufgeben. Wenn du nur einen Funken Erbarmen hast, Katzmeyer, dann wühl dich in den Dreck dieses Ortes hinein. Hilf Erwin. Du bist seine letzte Chance. Ich konnte ihm nicht helfen. Du kannst es. Du hast das System auf deiner Seite.«

»Überschätz mich mal nicht«, sagte Katzmeyer.

»Du repräsentierst die Behörde. Ermittle. Nichts weiter will Erwin Steinwendter. Er will, dass der Staat seiner Pflicht nachkommt und seine Bürger schützt und anhört.«

Rhab verstummte und schob die letzten Reste seines Essens auf dem Teller zusammen. Katzmeyer legte das Besteck beiseite und blickte auf den See hinaus. Es gab wahrscheinlich nur einen Weg, den Mörder dingfest zu machen. Im Grunde hatte Rhab ihm das bestätigt, was sein Kollege Sonnleithner ihm im letzten Gespräch schon mitgeteilt hatte. Dem war nichts hinzuzufügen. Der Amtsweg war ausgeschöpft. Er selbst war hier nicht zuständig und konnte den Fall auch nicht wieder neu aufrollen, dafür reichten die Beweise nicht aus. Er musste also einen unorthodoxen Weg beschreiten, einen, der, wie Franz Rhab richtig festgestellt hatte, für einen Ermittler am Rande der Legalität entlangführte.

»Franz, du weißt, ich würde euch gerne helfen. Ich kann aber nicht offiziell als Ermittler eingreifen.«

»Also wirst du dich nicht einmischen?«

»Das habe ich nicht gesagt. Aber ich kann nicht offiziell tätig werden. Ich muss die ganze Sache von einer anderen Seite her angehen. Bist du bereit, mir zu helfen?«

»Wenn wir sie damit drankriegen, jederzeit.«

»Lass uns eine Runde um den See drehen. Hier ist mir zu viel los. Ich werde dir meinen Plan erläutern. Und du sagst mir dann, inwieweit du mir dabei helfen kannst. Ich brauche noch weitere Informationen. Und wir werden dafür auch jemanden finden müssen, der uns medial unterstützt.«

»Das ist kein Problem. Ich bin sicher, dass mein Freund Herbert Hiller dir helfen wird. Der hat eine Internetzeitung im Salzkammergut. Die ist gut besucht und von den politischen Geldgebern unabhängig. Nicht nur finanziell, sondern auch inhaltlich. Und er hat schon in vielen Fällen Mut bewiesen.«

»Gut, dann arrangierst du ein Treffen, und dann sehen wir weiter«, sagte Katzmeyer und wandte sich der Wirtsstube zu, aus der Jana gerade mit zwei Krügen Bier getreten war, und rief ihr zu: »Jana, zahlen, bitte!«

Besuche

Am nächsten Morgen hatte Katzmeyer es sich auf der Veranda der Villa gemütlich gemacht. Trotz des schwülen und heißen Vorabends war der Morgen angenehm frisch. Erstmals seit Tagen wehte ein belebender Westwind über den See und hatte über Nacht die stickige Luft aus dem Tal vertrieben. Katzmeyer hatte sich frische Semmeln vom Bäcker geholt und versuchte, sich nach einer unruhigen Nacht auf den Tag einzustimmen. Auf dem Tisch lagen die Tatortfotos und das von ihm vor Kurzem erworbene iPad, das ihn seit Wochen über Neuigkeiten in der Welt informierte. Dennoch hatte er sein Zeitungsabonnement nicht abbestellt. Da blieb er altmodisch. Das gehörte für ihn zu einem guten Frühstück dazu. Ein Blick in die Zeitung. Oft war er beruflich abends und nachts unterwegs. Täter hielten sich nicht an fixe Arbeitszeiten. Gerade die Zeit der Dämmerung schien sie magisch anzuziehen. Die Übergänge sind die Zeiten, in denen die meisten Morde passieren. Nach solchen Einsätzen war er morgens meist noch unausgeschlafen und mürrisch. Hinter seiner Zeitung versteckt, konnte er dann den Tag unbehelligt von den Blicken der anderen beginnen. Seit seine Frau gestorben war, musste er sich zwar nicht mehr mit seiner Morgenzeitung gegen kommunikative Angriffe wappnen, aber eine so eingelebte Gewohnheit wurde der Mensch auch über Nacht nicht los.

An diesem Morgen hatte er sich aber doch entschieden, die von Sonnleithner am Abend per E-Mail zugesandten Zeitungsartikel zum Tod von Andreas Steinwendter durchzuschauen. Vielleicht waren neue Anhaltspunkte aufgetaucht. Der Fall hatte es damals sogar bis in die überregionalen Medien geschafft. Die Journalisten befanden einhellig, dass es sich um einen Unfall handeln müsse. Der junge Mann sei hundertfünfzig Meter über eine Böschung abgerutscht und schließlich mit dem Hinterkopf auf einen Stein aufgeschlagen.

Katzmeyer lehnte sich zurück und versuchte noch einmal, die Ereignisse der letzten Tage zu rekapitulieren. Er musste Distanz zu den Vorkommnissen gewinnen. Er war selbst zum Teil dieses Falles geworden. Was ihn immer noch beschäftigte, war nicht der Angriff des jungen Herzog, sondern dass gerade er es gewesen war. Steinwendter meinte, er sei der Überbringer der schlechten Nachrichten. Doch sie hätten ebenso gut jemand anderen schicken können. Warum es der Sohn des Amtsleiters sein musste, leuchtete Katzmeyer noch nicht ein. Sein Instinkt sagte ihm, dass noch einige Puzzleteile fehlten, die selbst Steinwendter, der akribisch Teil für Teil aus legalen und illegalen Quellen zusammengetragen hatte, noch übersehen haben musste.

Er brauchte dringend Beratung und einen unabhängigen und objektiven Gesprächspartner. In solchen Augenblicken wurde ihm bewusst, warum Ermittler nur in Ausnahmefällen allein arbeiteten. Das Gespräch mit den Kollegen war unerlässlich, wollte ein Ermittler sich nicht fortwährend im Kreis der eigenen Erkundungen drehen und im Sumpf der Spekulationen untergehen. An einem solchen Punkt schienen Katzmeyer und Steinwendter angekommen zu sein. Jetzt hieß es für Katzmeyer, Vorsicht walten und sich nicht von der Position des alten Mannes vollständig einnehmen zu lassen, nicht zu sehr die Theorien der Einheimischen über ihr eigenes Dorf anzunehmen, die Vergangenheit, die von Tag zu Tag wirkungsmächtiger in Katzmeyer aufstieg, nicht zur Gegenwart verkommen zu lassen, sondern den kritischen Blick zu wahren. Genau in Bezug auf den Amtsleiter Herzog musste er sich Voreingenommenheit eingestehen.

Das Klingeln des Telefons riss Katzmeyer aus seinen Gedanken. Er blickte auf das Display. Sonnleithner rief an. Katzmeyer griff nach dem Telefon und nahm das Gespräch entgegen.

»Guten Morgen, Werner. … Das ist ja beinahe schon gespenstisch, wie du vorausahnst, wann ich deine Gesellschaft brauche. Danke für den Rückruf. … Du warst gestern Abend beschäftigt. Klar. Kein Problem. Ich wollte mich für die Materialien bedanken und kurz mit dir über den Fall Steinwendter sprechen. … Ja, ich weiß, der Chef hat mir schon gesagt, dass er mich im Fall Steinwendter nicht decken kann. … Seit gestern Nachmittag bin ich mir aber nicht mehr sicher, ob nicht mehr dahintersteckt, als der alte Mann mir erzählt hat. Die Lage hat sich ein wenig zugespitzt. Der Sohn des Amtsleiters hat mich im Wald gestellt. … Es war ein wenig haarig. … Nein, mir geht es gut. Ich bin mit dem Schrecken davongekommen. … Ja, ich weiß, hier wimmelt es von Jägern. … Du kennst dich aus. … Als gebürtiger Goiserer. Ja. Der Wolfgang Herzog, der Sohn des Amtsleiters, hat mir sehr direkt mitgeteilt, ich solle mich um meine eigenen Angelegenheiten kümmern. … Gedroht. … Ja, gedroht hat er mir auch. Unverhohlen. … Und er hatte seinen Hund dabei. … Nein, du brauchst nicht herauszukommen. Deshalb habe ich dich nicht angerufen. Ich wollte dir nur kurz Bericht erstatten und dich fragen, ob du dich nach einem vertrauenswürdigen Beamten in der Gegend umhören kannst, falls ich mal Beistand brauche. Du kennst die Leute hier besser als ich. … Nein, Werner, du musst nicht selbst kommen. Ich schaffe das schon. … Außerdem ist der Chef ohnehin schon unruhig. … Urlaub. … Wie willst du so schnell Urlaub bekommen? … Na gut, wie du meinst. … Natürlich würde ich mich freuen, wenn du kommen würdest. … Aber notwendig ist es nicht. … Ja, wir hören uns noch. … Bis später.«

Kaum hatte Katzmeyer das Telefon zur Seite gelegt, läutete es erneut. In der Annahme, Sonnleithner habe noch etwas vergessen, nahm Katzmeyer das Gespräch entgegen.

»Katzmeyer. … Guten Morgen, Franz. Du hast den Herbert Hiller erreicht. Er wird sich mit uns treffen. Gut. … In zwei Stunden. Ja. In zwei Stunden im Café Lewandowsky in Bad Aussee. … Auf neutralem Boden sozusagen. Ich werde da sein. Bis dann.«

Katzmeyer erhob sich und wollte gerade beginnen, den Frühstückstisch abzuräumen, als ein Mann durch die Einfahrt auf die Villa zusteuerte. Mit großen Schritten näherte er sich der Veranda. Ein Schrank von Mann war das Erste, was Katzmeyer einfiel, als dieser vor ihm stand. Sein massiger Kopf ruhte auf seinen Schultern, beinahe so als hätte bei dessen Gestaltung jemand vergessen, einen Nacken einzuplanen. Die Hand, die ihm entgegengestreckt wurde, war riesig und glich der Pranke eines Königstigers. Ein Kerl, der zupacken konnte, dachte Katzmeyer.

»Hans Lobner«, grüßte der bullige Fremde mit fester Stimme und drückte Katzmeyers Hand. Ohne lange zu überlegen ergriff Katzmeyer diese und war erstaunt über die Flüchtigkeit der Ausführung des Händedrucks. Er hatte eher einen Schraubstock erwartet.

»Der Baumeister Lobner, nehme ich an«, stellte Katzmeyer fest.

»Ja«, gab dieser kurz zurück.

»Nehmen Sie Platz«, lud Katzmeyer den Baumeister ein. »Wollen Sie einen Kaffee?«

»Nein danke. Ich habe ohnehin wenig Zeit.«

»Was führt Sie zu mir? Die Villa oder der Steinwendter.«

»Der Steinwendter. Sie ermitteln doch in dem Fall.«

»Es gibt keinen Fall Steinwendter«, sagte Katzmeyer. »Ich bin hier nur auf Urlaub. Ich räume die Villa meiner verstorbenen Tante.«

»Ja richtig. Die Else. Eine wirklich nette Frau. Herzliches Beileid noch nachträglich.«

»Danke«, gab Katzmeyer zurück.

»Ich möchte Ihnen Folgendes mitteilen: Wir haben uns gestern getroffen und die Sache mit dem Steinwendter nochmals durchgesprochen.«

»Wer ist wir?«

»Der Bürgermeister Hohengassner, der ehemalige Bankdirektor Stanglmeyer und ich. Sie spazieren im Dorf herum und befragen Leute. Das macht schlechte Laune. Das hat sich wie ein Lauffeuer rumgesprochen. Ich bin beauftragt, ein paar Sachen richtigzustellen. Ich war damals der Generalunternehmer des Hotelprojektes.«

»Das habe ich schon gehört. Der Bürgermeister hat mir schon gesagt, dass er sich politisch nichts vorzuwerfen habe«, sagte Katzmeyer.

»Genauso ist es. Ich habe zehn Jahre meines Lebens in dieses Projekt investiert. Bankdirektor Stanglmeyer und ich sind bereit, alle unsere Unterlagen zur Verfügung zu stellen. Wir haben das damals auch der Staatsanwaltschaft gesagt. Aber niemand wollte jemals etwas davon sehen. Und jetzt kommen Sie daher und rollen die ganze Geschichte wieder neu auf.«

Hans Lobners Stimme hatte deutlich an Lautstärke zugenommen. Der Mann fühlte sich sichtlich unwohl in dem für seinen Körperbau viel zu engen Korbsessel. Katzmeyer würde es leidtun, wenn der Mann den Sessel mit der Fülle seines Körpers sprengen würde.

»Ich rolle gar nichts auf«, beschwichtigte Katzmeyer den Mann. »Ich werde mir die Unterlagen, wenn es notwendig sein wird, gerne mal genauer ansehen. Sehen Sie, die Befragungen haben den einfachen Sinn herauszufinden, was wirklich geschehen ist. Es gibt nach wie vor ein paar Dinge, die mich am Tod von Andreas Steinwendter irritieren.«

»Welche?«, fragte Lobner.

»Jeden, den ich bisher getroffen habe, egal, ob er der Mordtheorie oder der Unfalltheorie anhing, wollte, dass die Vorwürfe geklärt werden.« Katzmeyer hielt kurz inne und dachte, dass es einen Mann gab, der bisher kein Interesse an der Aufklärung des Falles bekundet hatte: Wolfgang Herzog. Er hatte ihn lediglich aufgefordert zu gehen. Abzureisen. Sich rauszuhalten.

Lobner, der das Zögern des Ermittlers bemerkt hatte und darüber verunsichert war, fragte: »Wir sind ja nicht die zuständigen Behörden. Wir haben aus wirtschaftlichen Erwägungen gehandelt. Es geht um Nachhaltigkeit, nicht um juristisches Geplänkel.«

»Nachhaltigkeit«, murmelte Katzmeyer und fügte dann mit fester Stimme, an Lobner gewandt, hinzu: »Ja, Nachhaltigkeit.

Auch das Wort habe ich jetzt schon öfter gehört. Nachhaltiges Wirtschaften. Die Großprojekte sichern den Fortbestand der Partei. Sie gehören doch zu der Partei des Bürgermeisters?«

»Ja.«

»Und der ehemalige Bankdirektor Stanglmeyer?«

»Natürlich«, sagte Lobner.

»Ich bin fast geneigt, Ihnen zu glauben, dass Sie mit dem Tod von Andreas nichts zu tun haben. Aber selbst wenn dem so wäre, ein bitterer Nachgeschmack bleibt in dieser Nachhaltigkeitstheorie. Sie haben schließlich einer Familie die Existenzgrundlage geraubt.«

»Na hören Sie mal«, rief Lobner und sprang aus seinem Sessel auf, und es schien, als würde er seinen Körper dabei dehnen und strecken. »Für die wirtschaftlichen Schwierigkeiten vom Erwin konnten wir doch nichts.«

»Das Dorf rühmt sich doch immer, so solidarisch zu sein. Alle würden hier zusammenhalten. Zueinanderstehen. Keiner wird im Stich gelassen. Wie passt denn das mit der christlichen Nächstenliebe zusammen? Hätten Sie nicht dem Erwin helfen müssen? Sie hatten es doch in der Hand, den Wechsel Ihres Vaters nicht einzulösen. Ihn nicht an die Bank zu verkaufen. Der Andreas Steinwendter hatte doch schon alles geregelt. Er hatte das Geld längst aufgetrieben, um den Hof zu retten. Die Bank hat den Kredit fällig gestellt.«

»Davon wusste ich nichts«, sagte Lobner.

»Fragen Sie mal den Herrn Stanglmeyer, warum er denn das Angebot vom Andreas, das er ihm am Tag vor seinem Tod gemacht hatte, nicht annahm. Das sind die fragwürdigen Handlungen, die dieser Ort und seine Menschen auf sich geladen haben. Das müssen Sie ohnehin mit Ihrem Gewissen abmachen.

Ich finde das zwar grausam, aber strafrechtlich ist es unbedeutend.«

»Herr Katzmeyer, Sie haben keine Ahnung. Ich bin damals mit einem blauen Auge davongekommen. Einer wie ich, der sich mit dem Teufel einlässt, kann danach nicht einfach davonlaufen und dann glauben, damit durchzukommen.«

»Dem Teufel?«

»Von mir erfahren Sie keinen Namen. Ich bin schon ein hohes Risiko eingegangen, als ich mich entschlossen habe, zu Ihnen zu kommen. Aber es ging nicht anders. Sie sind einer, der sich von einer Spur nicht abbringen lässt. Also muss ich Ihnen sagen, dass Sie die falsche Spur verfolgen. Denn Steinwendter hat Sie auf die falsche Spur gebracht. Wir haben den Andreas nicht umgebracht.«

»Warum sollte ich Ihnen glauben?«

»Ob Sie mir glauben oder nicht, ist Ihre Sache. Aber ich will nachher nicht damit leben müssen, dass ich Sie nicht gewarnt habe. Ich habe mir nie eine Meinung über den Tod von Andreas gebildet, ich weiß zu wenig darüber. Nur eines weiß ich sicher. Ich war es nicht. Und alles andere ist Ihre Sache, nicht die meine. Ich kann Ihnen nur eines sagen, Herr Katzmeyer, Sie gehen in zwei Wochen wieder weg. Egal, ob Sie einen Täter finden oder nicht. Aber wir müssen hierbleiben. Weiterleben. Jedes Jahr, jeden Tag, jede Stunde. Sie haben ja nur an der Oberfläche gekratzt. Haben Sie sich schon mal überlegt, warum sich hier alles in Bewegung setzt, nur weil Sie es nicht lassen können, Ihrem kriminalistischen Instinkt zu folgen? Haben Sie schon mal an die Existenz der Leute gedacht, die Sie nun gefährden?«

Lobner hatte nicht unrecht, dachte Katzmeyer. Er war mit seinen Ermittlungen oft der Auslöser für die Fortsetzung einer

Tragödie, die mit einer Tat begonnen hatte und sich dann wie ein Krebsgeschwür über die Familien und Freunde der Täter ausbreitete.

»Aber deswegen kann ich doch nicht aufhören zu ermitteln. Wer ein Unrecht erkennt und wegschaut, macht sich doch mitschuldig.«

»Herr Katzmeyer, ich sage Ihnen eines. Ich bin lieber ein Mittäter als ein Toter mit einer reinen Weste.«

»Das hört sich jetzt aber doch sehr dramatisch an«, sagte Katzmeyer. »Noch leben wir in einem Rechtsstaat. Da wird man nicht so einfach umgebracht. Schon gar nicht als Ermittler.«

»Das mag sein. Aber Sie können mich nicht schützen.«

Hans Lobner schien nach diesen Worten alles gesagt zu haben, und er fügte nun mit einer Stimme, die alle Festigkeit und Lauterkeit eingebüßt hatte, hinzu: »Das Einzige, von dem ich im Zusammenhang mit dem Hotelprojekt sicher weiß: Es ging um Geld. Um viel Geld. Als das Projekt einmal begonnen hatte, war es nicht mehr zu stoppen. Es musste mit allen Mitteln durchgesetzt werden. Egal, von welcher Seite die Widerstände kamen. Wer sich einmal in die Grauzone der Macht bewegt hat, kann sie nicht mehr verlassen. Aber ohne Grauzone kann heute keiner mehr Geschäfte machen. Nicht hier und nicht anderswo. Glauben Sie mir, eines weiß ich genau, wir hätten nicht nur politisch alles verloren. Nachzugeben hätte meine Firma auch finanziell ruiniert. Der Markt ist unerbittlich.«

»Der Markt, lieber Herr Lobner, ist nur so unerbittlich wie die Menschen, die ihn hervorbringen. Ich nehme Ihre Stellungnahme zur Kenntnis. Und ich bin sicher, dass sich in den nächsten Wochen die entsprechenden Behörden bei Ihnen und beim

Bürgermeister Hohengassner und dem ehemaligen Bankdirektor Stanglmeyer melden werden, um die von Ihnen angebotenen Unterlagen einzusehen.«

Katzmeyer reichte dem Baumeister die Hand, führte ihn die Verandastufen hinunter und begleitete ihn noch über den Vorhof zur Einfahrt.

»Ich wünsche Ihnen noch einen schönen Tag«, sagte Katzmeyer.

»Auf Wiedersehen«, sagte Hans Lobner und nahm die Straße in Richtung Schafbergbahn. Mit den Schritten eines Riesen entfernte der Baumeister sich von Katzmeyer. Dieser ging zurück auf die Veranda und machte sich daran, den Frühstückstisch abzuräumen. Nach dem Gespräch mit dem Baumeister war an eine Fortführung der Morgenlektüre nicht mehr zu denken. Er musste sich noch zurechtmachen und dringend unter die Dusche. Gerade als er dabei war, sein iPad und die Zeitung ins Haus zu tragen, kam Eveline Haigermoser auf die Veranda zu und rief ihm schon von Weitem ein fröhliches »Guten Morgen« entgegen. Katzmeyer ließ das iPad wieder auf den Tisch gleiten und sagte überrascht: »Haben wir heute einen Termin?«

»Friedrich, du wirst doch auf deine alten Tage nicht vergesslich werden. Natürlich haben wir heute einen Termin. Bist du so eingespannt? Ich habe dir doch gesagt, du sollst die Finger von dem Steinwendter lassen.«

»Du kennst mich doch, Eveline.«

»Ja, ich kenne dich. Deshalb mache ich mir ja auch solche Sorgen um dich. Wie geht es deinem Knie? Warst du schon bei der Marion?«

Erst jetzt fiel Katzmeyer auf, dass sein Knie immer noch schmerzte. Nach all der Aufregung des gestrigen Tages war der

Schmerz aber in den Hintergrund getreten. Auch die Nachlassaufarbeitung und die Räumung der Villa hatte er vernachlässigt.

»Nein, ich war noch nicht bei der Marion. Keine Zeit.«

»Das sieht dir ähnlich. Schon als Kind hast du dir keine Zeit genommen, wenn du dich in ein Problem verbissen hast. Du hast dann nichts mehr gegessen, keine Leute mehr getroffen. Das haben dir damals einige übel genommen.«

»Apropos Kindheit. Ich war auf der Gemeinde und hab dort den Amtsleiter Herzog getroffen.«

»Den Johann?«

»Ja.«

»Leg dich bloß nicht mit dem Johann an. Der ist ein raffinierter Hund. Du willst doch immer was über die Gemeinde wissen. Eines kann ich dir mit Sicherheit sagen. Nichts in der Gemeinde geschieht, ohne dass der Johann Bescheid weiß. Sollte an den Vorwürfen Erwins was dran sein, dann kannst du mit großer Wahrscheinlichkeit davon ausgehen, dass der Herzog etwas darüber weiß.«

»Das habe ich mir auch schon gedacht.«

»Warum?«

»Ich bin gestern seinem Sohn im Wald begegnet.«

»Dem Wolfgang? Friedrich, du musst dich raushalten. Dringend.«

»Eveline, ich kann doch nicht jetzt, wo ich die Sache ins Rollen gebracht habe, aufhören.«

»Ich weiß, dass du das nicht kannst, aber ich sage dir, Friedrich, mach nicht deinen üblichen Kardinalfehler. Versuch nicht, dich allein durchzuschlagen. Du musst aufhören, dich in solch ausweglose Situationen zu bringen«, sagte Eveline.

Das Telefon klingelte, und Katzmeyer war froh, das Gespräch unterbrechen zu können.

»Entschuldige, Eveline. Kurz nur. Das ist mein Kollege in Wien.« Er schnappte sich das Telefon und meldete sich mit: »Werner, was gibt es? … Du fährst in zwei Stunden los? … Wirklich. Das ist gut. Hier tut sich einiges. Ich brauche deine Unterstützung. … Ich bin dir sehr dankbar dafür. Auf dich kann ich mich verlassen. … Was hast du dem Chef gesagt? … Deine Tante hatte einen Unfall. … Das hat er dir abgenommen? … Gut. … Den Rest besprechen wir abends, wenn du da bist. Bis später. Fahr vorsichtig.«

Katzmeyer legte das Telefon zur Seite und wandte sich wieder Eveline zu, die einen Schritt auf ihn zutrat und ihn am Arm nahm.

»Danke, Eveline«, sagte Katzmeyer. »Ich habe einen Plan. Und ich habe Leute, die mir bei der Umsetzung helfen werden. Du hast recht, es muss hier enden. Und wenn es bedeutet, noch ein paar Familien zu zerstören, dann wird es so sein müssen. Ein Unrecht darf nicht ungesühnt bleiben, nur weil wir damit das Unglück der Täter und ihrer Familien mit in Kauf nehmen.«

»Friedrich, du kennst mich, und du weißt, dass ich dich und dein Engagement sehr schätze, aber es gibt Ereignisse, die es nicht wert sind, sein Leben zu riskieren.«

»Hast du das dem Erwin auch schon gesagt?«

»Ja, das habe ich. Und ich weiß, dass das nicht richtig ist.«

»Da hast du recht. Es ist nicht richtig. Und was wäre ich für ein Ermittler, wenn ich mich von einem Hund namens Leopold einschüchtern ließe.«

Eveline blickte sich kurz um.

»Der Hund ist nicht der Vollstrecker. Und damit lassen wir es jetzt auch gut sein, Friedrich.«

»Lassen wir es gut sein. Ich muss dich ohnehin hinauskomplimentieren. Heute wird es nichts mit der Villenentrümpelung. Ich muss dringend nach Aussee fahren«, sagte Katzmeyer.

»Macht ja nichts. Die Sachen können warten. Jetzt lagern sie schon vierzig Jahre im Haus, da kommt es auf ein paar Tage nicht mehr drauf an.«

»Danke für dein Verständnis, Eveline.«

»Pass auf dich auf, Friedrich«, sagte Eveline Haigermoser, stellte sich auf die Zehenspitzen und gab Friedrich einen Kuss auf die Wange. Dann drehte sie sich um und ließ den verdutzen Ermittler auf der Veranda zurück.

Der geographische Mittelpunkt

Es war kurz vor zwei Uhr, als Katzmeyer über den Pötschen ins Ausseer Tal fuhr, über jenen Berg, der nicht nur zwei Bundesländer voneinander trennte, sondern auch eine Kulturgrenze darstellte. Sein Wagen rollte am Loser vorbei, aus dessen monolithischen Felsen so manche Ausseer ein überlebensgroßes Gesicht des Erzherzog Johann schlagen wollten, um es den Amerikanern gleichzutun, die vier ihrer Präsidenten im Mount Rushmore verewigt hatten. Über dem Dachstein, der im Süden das Tal begrenzte, waren schon seit geraumer Zeit schwere Gewitterwolken aufgezogen, aus denen erste grelle Blitze schlugen. Mit diesen Gedanken und Aussichten fuhr Katzmeyer ins Ausseerland ein. In ein unbekanntes Land, von dem er noch weniger wusste als von dem Seenland, das er vor knapp einer Stunde bei prächtigem Sonnenschein und bei strahlend blauem Himmel verlassen hatte. Die Mentalität der Menschen hier, die ihre Gegend mit einem Steirerhut bewarben, war von der Enge des Tales und der Höhe der Berge geprägt.

Katzmeyers rechter Fuß tippte instinktiv auf das Gaspedal, sodass der Wagen beschleunigte. Unter keinen Umständen wollte er in das heftige Gewitter geraten, das nun bereits in den Talkessel eingezogen war. Wenige Minuten später erreichte er das Zentrum der Stadt und fand trotz hochsaisonaler Aktivitäten der Flaneure gleich hinter dem Kurhaus einen Stellplatz. Er hegte die Hoffnung, nun doch noch rechtzeitig die legendäre Kaffeekonditorei Lewandowsky zu erreichen, wo er sich mit Gemeinderat Rhab und dem Journalisten Herbert Hiller treffen wollte. Mit wenigen Schritten hatte Katzmeyer den Kurpark durchmessen und war am geographischen Mittelpunktstein vorbeigeeilt, der im Denken der Ausseer das Land, in dem sie lebten, zum Nabel der Welt machte. Die ersten schweren Donnerschläge rollten durchs Tal, die Baumwipfel bogen sich unter dem plötzlich auffrischenden Sturm, der selbst die letzten Zweifel an der Tatsache ausräumte, dass dieses Gewitter über den Ort hinwegziehen würde. Erste schwere Regentropfen fielen auf den Kiesweg und trieben Katzmeyer vor sich her. Dennoch erreichte der Ermittler trockenen Fußes den überdachten Eingangsbereich des Kaffeehauses. Der vorgelagerte Garten, den eine niedrige Steinmauer umgab, war leer gefegt. Die großen Schirme, die normalerweise wie Zelte die Köpfe der Kurgäste vor der Sonne schützen sollten, waren hastig eingezogen worden. Einer der Kellner zog die Schnüre fest und fixierte sie an der Stange.

Katzmeyer betrat das Altwiener Kaffeehaus, das noch den Geist der Kaiserzeit atmete. Neben den üblichen Kleiderständern aus Holz gab es die charakteristischen runden Tischchen aus Marmor, Kronleuchter und mit rotem Stoff gepolsterte Sitzbänke. Hier hatten sich die Sommerfrischegäste ein Stück Heimat gebaut, wo sie Kaffee trinken, Kuchen essen und Karten spielen konnten, wie sie es von Wien her gewohnt waren. Sie konnten der Enge der Stadt entfliehen und in der Enge des Tales die ungestörte Natur in Verbindung mit ihrer geliebten

Wiener Kultur frönen. An der rechten Flügelseite des Lokals, das in L-Form angelegt war, prangte ein riesiger Spiegel, der die ganze Breite der Wand einnahm. Davor saßen Franz Rhab und ein zweiter Mann, von dem Katzmeyer vermutete, dass es Herbert Hiller sein musste. Er trat an den Tisch der beiden Männer.

»Setz dich zu uns, Katzmeyer. Darf ich dir Herbert Hiller vorstellen?«, begrüßte ihn Franz Rhab.

Hiller erhob sich höflich, ohne sich ganz aufzurichten, und streckte Katzmeyer die Hand entgegen, die dieser gerne ergriff.

»Guten Tag, ich bin Friedrich Katzmeyer.«

Herbert Hiller erwiderte den Händedruck und lächelte Katzmeyer aus freundlichen Augen an, die sich hinter einer rundgläsrigen Brille flink bewegten, als müssten sie alles, was um sie geschah, jederzeit im Blick behalten. Schnell ließ sich Hiller wieder auf seinen Platz nieder und begann mit seiner Tasse zu spielen. Er schien nervös und unruhig zu sein. Kaum hatte der Ermittler einen Sessel in Beschlag genommen, trat eine der Kellnerinnen an den Tisch und nahm die Bestellung auf.

»Einen Melange und eine Sacher mit Schlag«, orderte Katzmeyer, worauf die Kellnerin sich entfernte.

»Wie geht es dir, Katzmeyer?«, fragte Franz Rhab, um das Gespräch in Gang zu bringen.

»Gut. Bin gerade noch dem Gewitter entkommen.«

»Ich hoffe, es gibt keinen Hagel«, erwiderte Rhab.

»Liebe Leute, ich will ja nicht unhöflich erscheinen, aber ich muss wieder zurück in die Redaktion. Ein Interview.«

»Dann lassen Sie uns gleich zur Sache kommen«, sagte Katzmeyer.

»Sollte der alte Steinwendter recht haben, dann ist der Mord passiert, weil der Andreas sich den Entwicklungsplänen des Triumvirats entgegengestellt hat«, sagte Hiller.

»Des Triumvirats?«, fragte Katzmeyer.

»Na ja, den drei großen B. Bürgermeister, Baumeister, Bankdirektor«, erläuterte Rhab. »Die haben vor zehn Jahren den Ort beherrscht. Zumindest dachten sie das. Meines Erachtens ist der Mann, der das ganze Geschehen beherrscht, der alte Herzog.«

»Der Amtsleiter«, sagte Katzmeyer mehr zu sich selbst.

Seit seinem Besuch im Amtshaus vermutete er, dass Herzog eine Schlüsselposition in der Gemeinde einnahm. Dazu passte auch, dass sein Sohn ihm gedroht hatte.

»Dennoch glaube ich nicht, dass im Falle von Andreas Steinwendter eine große Verschwörung vorliegt. Ich glaube eher, dass es sich dabei um Schlamperei handelt, in der eines zum anderen geführt hat«, sagte Herbert Hiller.

»Herbert, das kann doch nicht dein Ernst sein«, sagte Rhab und schüttelte den Kopf. »Ich meine, dass Steinwendter mit seiner Zufallstheorie durchaus recht haben könnte.«

»Es gibt eine Anhäufung von Zufälligkeiten in den Ereignissen. Das hat Steinwendter mir gegenüber auch erwähnt«, warf Katzmeyer ein.

»Ich gebe ja zu«, sagte Hiller, »es war ein seltsamer Zufall, dass der Bernecker die Kriminalpolizei nicht einschaltete, um den Tatort zu sichern, und drei Monate später sein Haus schuldenfrei war. Dass die Tochter des Gemeindearztes Braumüller, der den Totenschein ausgestellt hatte, nach der Fertigstellung des Hotels auf Steinwendters Grund zur Kurärztin bestellt wurde und der Bankdirektor in die Zentrale nach Linz aufrückte, als die Kredite vergeben waren. All das ist zwar zu bedenken, aber beweist das schon eine Verschwörungstheorie?«

»Steinwendter hat einmal ein Fax erwähnt, in dem die Staatsanwaltschaft eine Anfrage zum Tathergang stellte. Der heutige Postenkommandant antwortete darin, dass ein Fremdverschulden hypothetisch nicht ausgeschlossen werden könne.«

»Ja, da sprechen Sie einen wunden Punkt an, Katzmeyer«, stimmte Hiller zu. »Aber ich denke, dass alles, was seit diesem Fax an Nichtermittlung geschehen ist, nur die Folge davon ist, dass der eigentliche Skandal nun vertuscht werden muss. Keine der verantwortlichen Behörden kann heute das geschehene Unrecht von damals zugeben, denn die Ermittlungen würden bis ins Herz der staatlichen Institutionen reichen. Das könnte sich zwar die Demokratie leisten, nicht aber ihre Vollstrecker.«

»Sie meinen, Steinwendters Verdacht wird deswegen nicht verfolgt, weil die Behörden Angst haben, sich die eigenen Fehler einzugestehen?«, fragte Katzmeyer.

»Ja«, sagte Hiller.

»Das wäre in der Tat ein Skandal. Die Vertuschung würde dann ja nicht wegen eines Verbrechens stattfinden, sondern weil der Staatsapparat versagt hat«, ergänzte Rhab.

»Dennoch müssen wir zwei Dinge auseinanderhalten«, setzte Hiller fort. »Ein Verbrechen lag vor. Das darf bei aller Liebe zum Detail nicht außer Acht gelassen werden. Sollte Steinwendter mit seiner Mordtheorie recht haben, und alles, was ich darüber weiß, bestätigt diese Theorie, dann muss es auch einen Mörder geben. Obwohl ich persönlich nicht glaube, dass der Mörder von ganz oben gedeckt wird, wie das Steinwendter immer in Betracht zieht. Ich persönlich denke, dass die Vertuschung zwar eine Folge der Ermittlungsfehler im Falle von

Andreas Steinwendter war, aber nichts mit dem Mord selbst zu tun hat«, meinte Hiller.

»Das heißt, ich stehe wieder am Anfang«, seufzte Katzmeyer.

»Nein, nein, Friedrich. Wir hatten doch einen Plan geschmiedet am Schwarzensee. Den sollten wir unbedingt umsetzen.«

»Der Plan. Genau, Franz. Der Plan«, bestärkte Katzmeyer sich selbst darin, wieder zu seiner von ihm entwickelten Strategie zurückzufinden. »Dafür bräuchten wir Ihre Unterstützung, Herr Hiller.«

»Wie kann ich helfen?«, fragte der Journalist.

»Ich brauche jemanden, der für mich in der Region verbreitet, dass ich den Andreas Steinwendter exhumieren möchte, und das den entscheidenden Stellen mitteilt.«

»Ich könnte den Bürgermeister dazu befragen, ob er denn davon wisse und ob er mir Details geben könnte.«

»Das wäre gut. Wichtig ist darüber hinaus jedoch, dass auch der Amtsleiter Herzog es mitbekommt. Er scheint mir eine Schlüsselfigur im Fall Steinwendter zu sein.«

»Das glaube ich auch«, bestätigte Franz Rhab.

»Gut. So machen wir es, Herr Katzmeyer. Ich werde noch heute einen Artikel ins Internetportal setzen und eine Aussendung machen. Danach werde ich den Bürgermeister anrufen. Ich werde dafür sorgen, dass die entscheidenden Personen davon Kenntnis erhalten. Ich muss jetzt aber leider wirklich gehen. Sonst komme ich zu spät zu meinem nächsten Termin.«

»Das verstehe ich«, sagte Katzmeyer. »Danke für Ihre Unterstützung. Sie sind uns eine wertvolle Hilfe. Die Rechnung übernehme ich natürlich.«

»Da bedanke ich mich dafür. Und ich helfe gerne, vor allem, wenn es einem wie Steinwendter hilft, endlich Gewissheit zu erlangen«, sagte Herbert Hiller, stand auf, verabschiedete sich mit kurzem Gruß und verschwand in Richtung Ausgang.

Katzmeyer zahlte die Zeche und verließ gemeinsam mit Gemeinderat Rhab die Kurkonditorei. Das Gewitter war ebenso rasch abgezogen, wie es sich über die Stadt gelegt hatte. Die Sonne strahlte, als wäre nichts gewesen, und die Schirme im Gastgarten waren wieder aufgespannt und alle Tische von Sommergästen besetzt.

Rhab verabschiedete sich von Katzmeyer, der durch den Kurpark zurück zu seinem Wagen ging. Noch bevor er ihn erreicht hatte, trat aus dem Schatten des Kurhauses ein kleiner Mann, dessen Haar mehr schlecht als recht auf dem Kopf saß. Mit den funkelnden und glasigen Augen erweckte er den Eindruck, als sei er aus einer Anstalt entsprungen. Nicht schon wieder, dachte Katzmeyer, der sich langsam daran gewöhnte, dass ihm ständig jemand in den Weg trat. Etwas erstaunt blieb Katzmeyer stehen und hoffte, der sonderbare Fremde würde wieder zur Seite treten. Doch dieser machte keine Anstalten. Stattdessen hob er die Hand und reckte den Finger nach oben.

Dann sagte er mit einer Festigkeit in der Stimme, die ihm Katzmeyer aufgrund seiner fragilen und zerbrechlichen Figur nicht zugetraut hätte: »Hören Sie auf, den Meister zu belästigen.«

»Den Meister? Welchen Meister?«, fragte Katzmeyer verwundert.

»Die Herren werden sich Ihre Unverschämtheiten nicht länger gefallen lassen«, betonte der Mann, trat noch einen Schritt näher an Katzmeyer heran und fügte dann hinzu: »Seien Sie auf der Hut. Erwin wird der Nächste sein. Und dann sind Sie dran.«

Noch bevor Katzmeyer etwas erwidern konnte, kam eine junge Frau vom Parkplatz herangelaufen und rief schon aus einiger Entfernung: »Papa, lass den Mann in Ruhe.«

Als sie die beiden erreichte, nahm sie ihren Vater am Arm und zog ihn beiseite. Zu Katzmeyer gewandt, sagte sie: »Verzeihen Sie, mein Vater ist manchmal etwas verwirrt. Ich hoffe, er hat Sie nicht belästigt.«

»Nein, nein. Machen Sie sich keine Sorgen«, erwiderte Katzmeyer und ging an dem doch etwas sonderbar wirkenden Paar vorbei zu seinem Wagen, als das Telefon läutete. Es war Sonnleithner.

»Hallo, Werner. ... Du bist in einer Stunde in St. Wolfgang? ... Trifft sich gut. Da werde ich gerade, aus Aussee kommend, bei der Villa eintreffen. Du wartest auf der Veranda? ... Gut. Ich freue mich.«

Katzmeyer legte auf und stieg in seinen Wagen.

Während der Fahrt ging er noch einmal die nächsten Schritte durch. Er war nun doch froh, dass Sonnleithner zu ihm ins Salzkammergut gereist war. Er fühlte sich bei der Vorstellung, morgen eine Wende im Fall Steinwendter herbeizuführen, schon bei Weitem wohler, jetzt, da er seinen Kollegen an seiner Seite wusste.

Als Katzmeyer mit dem Wagen in den Vorhof der Villa einbog, sah er Sonnleithner auf der Terrasse sitzen und gemütlich eine Zigarette rauchen. Er war einer derjenigen Kollegen, die sich trotz anhaltender Krebshysterie nicht davon abbringen ließen, sich dem Rausch des Rauchens hinzugeben.

»Schön, dass du da bist«, sagte Katzmeyer

»War eine lange Fahrt. Bin auch froh, dass es so problemlos ging. Wie geht es dir, Friedrich?«

»Geht so weit ganz gut. Harte Tage die letzte Zeit. Der Fall setzt mir zu. Er wird immer seltsamer. Hast du mit deinem Kollegen aus Bad Ischl gesprochen?«

»Setz dich erst mal, Friedrich. Du schaust müde aus. Du musst dir eine Pause gönnen.«

Erst jetzt, da Sonnleithner ihn darauf ansprach, merkte Katzmeyer selbst die Müdigkeit in seinem Körper. Er setzte sich zu seinem Kollegen auf die Terrasse und streckte die Füße unter den Rattantisch.

»Ich bin müde, ja. Aber es wird besser werden, wenn wir morgen den Fall lösen. Der Chef sitzt mir auch schon im Nacken.«

»Mich hat er auch die ganze Zeit angerufen. Heute schon zweimal. Ob ich denn weiß, was da los ist in St. Wolfgang. Der Bürgermeister scheint über exzellente Kontakte zu verfügen. Zumindest hat mein Kollege mir das erzählt. Der ist ein gebürtiger Wolfganger und wohnt jetzt in Gmunden.«

»Was hat er dir denn erzählt?«

»Also, der leitende Beamte bei der Tatortbegehung war der Bernecker.«

»Ja, das weiß ich schon.«

»Er ist sechs Monate nach dem Tod von Andreas Steinwendter an Krebs gestorben. Daher gibt es auch keinen mehr, der Auskunft geben könnte. Und der Gemeindearzt, der den Totenschein ausgestellt hat, ist bald danach gestorben. Herzinfarkt. Wieder einer weniger, der Zeugnis ablegen könnte.«

»Das weiß ich alles schon. Alle dahingegangen. Als Einziger ist noch Erwin Steinwendter übrig.«

»Und du.«

»Ja und ich. Da hast du verdammt recht. Darauf trinken wir

einen. Was hältst du davon?«

»Das ist eine gute Idee, Friedrich.«

Katzmeyers Offensive

Katzmeyer betrat die Amtsstube, ohne sich anzukündigen. Johann Herzog kam sofort eilfertig durch die Tür auf ihn zu. Katzmeyer ignorierte ihn diesmal und ging direkt zur Tür, die ins Amtszimmer des Bürgermeisters führte, und fragte: »Ist er da?«

»Ja, er ist da, aber ich muss erst fragen, ob er Zeit für Sie hat.«

»Nein, müssen Sie nicht«, knurrte Katzmeyer. Er brachte alles auf, was seine Stimme an Autorität zu bieten hatte. Er klopfte kurz an die Tür und betrat dann, ohne das übliche »Herein« abzuwarten, das Amtszimmer, dicht gefolgt von Johann Herzog.

»Was hat das zu bedeuten?« Empört fuhr Hohengassner aus seinem Sessel hoch.

»Er ließ sich nicht aufhalten«, sagte der Amtsleiter entschuldigend.

»Schon gut, du kannst gehen, Johann.«

»Nein, nein, bleiben Sie ruhig. Was ich zu sagen habe, betrifft Sie in gleicher Weise. Ich werde mich kurz halten«, sagte Katzmeyer. »Ich möchte mich erkundigen, wie lange es in Ihrer Gemeinde dauert, eine Exhumierung durchzuführen, wenn eine solche beantragt werden würde.«

»Wessen Leiche?«, fragte Hohengassner ohne Umschweife, als wäre die Beantragung eine längst beschlossene Sache.

»Die von Andreas Steinwendter«, sagte Johann Herzog ruhig.

»Oh, Sie lesen Internetzeitung?«, wandte Katzmeyer sich Herzog zu.

»Wir sind keine Bauerntölpel«, zischte der Amtsleiter ungehalten.

»Davon bin ich heute mehr denn je überzeugt. Nun, wie lange wird so eine Exhumierung dauern?«

»Das kann sich drei Wochen hinziehen. Dafür brauchen wir einen Antrag, der muss geprüft werden und den muss ich dann unterschreiben«, mischte Hohengassner sich in das Gespräch ein.

»Ja, ich weiß. Sie müssen unterschreiben. Aber ich denke, mit einigem guten Willen wird der Herr Herzog das Verfahren beschleunigen können.«

»Warum sollte ich?«

»Weil es im Interesse aller Beteiligten liegt. Wie mir in den letzten Tagen mehrfach versichert wurde, wollen viele in diesem Dorf endlich Klarheit über die Todesumstände von Andreas Steinwendter und die darüber vorherrschenden Gerüchte erhalten.«

»Gibt es denn Unklarheiten?«, fragte Herzog.

»Ich habe berechtigte Zweifel an der Alpinunfalltheorie.«

»Hat er Sie endlich rumgekriegt, der Steinwendter?«, fragte Hohengassner.

»Steinwendter ist nicht der Einzige, der zweifelt.«

»Wer noch?«, fragte Herzog.

»Namen tun nichts zur Sache«, erwiderte Katzmeyer.

»Da hat sicher wieder der Rhab seine Finger im Spiel«, wandte Hohengassner sich an den Amtsleiter.

»Wie gesagt, ein Teil fügt sich zum anderen«, sagte Katzmeyer. »Und der letzte Teil, der mir noch fehlt, ist die Leiche von Andreas Steinwendter. Also, wie sieht es aus mit einer Exhumierung?«

»Wissen Sie, was das für den Ort bedeuten würde, wenn wir den Andreas ausbuddeln?«, fragte Hohengassner. »Morgen werden die Telefone heißlaufen. Schon allein der Bericht von dem Schmierenjournalist Hiller, den er heute in seiner Zeitung platziert hat, wird bis Linz Wellen schlagen. Eine Exhumierung wird ganz Wien aufschrecken. An die deutschen Boulevardmedien will ich gar nicht denken.«

»Hätten Sie selbst für eine angemessene Aufklärung gesorgt, wäre Ihnen das alles erspart geblieben«, erwiderte Katzmeyer.

»Sie haben gesagt, Steinwendter habe Beweise für seine Theorie. Die hat er ja bisher nicht vorgelegt«, versuchte Herzog, das Gespräch zurück zu Steinwendter zu führen. Der Imageschaden für die Gemeinde schien ihn nicht sonderlich zu interessieren.

»Er hatte Angst, dass sie wie alles andere verschwinden würden. Bisher scheint sich ja keiner dafür interessiert zu haben.« Katzmeyer wandte sich nun wieder dem Amtsleiter zu.

»Ich werde die Leiche nicht exhumieren lassen«, sagte Hohengassner, der sich sichtlich nicht aus dem Gespräch drängen lassen wollte.

»Das habe ich schon vermutet. Daher werde ich morgen die Staatsanwaltschaft einschalten. Diese ist verpflichtet, die Ermittlungen wieder aufzunehmen, wenn neue Beweise vorgelegt werden oder ein Ermittlungsfehler nachgewiesen werden kann. Meine Fragen und die Erkenntnisse, die ich daraus gewinnen konnte, werden wohl Berücksichtigung finden. Sollte die Staatsanwaltschaft meinen Ausführungen folgen, dann kann sie als Behörde die Exhumierung anordnen.«

»Und Sie meinen, dass die Staatsanwaltschaft Wels Ihrer Argumentation folgen wird? Sie sind gar nicht im Dienst. Warum sollte sie Ihnen mehr Glauben schenken als dem Steinwendter?« Herzog sah ihn herausfordernd an.

»Wer spricht denn von der Staatsanwaltschaft Wels?«, wandte Katzmeyer ein. »Ich werde meinen Freund, den Wiener Staatsanwalt Holleis, damit betrauen. Wir werden ja sehen, wie seine Gutachter die neuen Beweise bewerten werden.«

»Wo sollen denn die Beweise plötzlich herkommen?«, fragte Johann Herzog, der das Gespräch immer mehr an sich zog. »Die Polizei hat damals gemeint, es gäbe keine.«

»Die Polizei hat damals auch nie wirklich welche gesucht. Aus welchen Gründen auch immer. Es wurde keine Obduktion beantragt, es gab keine professionelle Spurensicherung. Nennen wir es höflich: Schlamperei. Ein schlampiger Umgang mit dem Tod eines Bürgers.«

»Und wo sind dann die Beweise plötzlich hergekommen?«

»Die kommen nicht plötzlich aus dem Nichts. Die liegen seit Jahren in Steinwendters Archiv. In seiner Hütte am See.«

»Der Erwin hat ein Archiv?«, gab sich Hohengassner erstaunt.

»Ja. Material aus drei Jahrzehnten lagern dort. Das hat er akribisch gesammelt, nummeriert und in einer langen Reihe von Aktenordnern abgelegt. Er will mir heute Abend einen umfassenden Einblick in die organisatorischen und politischen Entscheidungen der Gemeinde gewähren. Auch den Mord an seinem Sohn, hat er mir versichert, kann er auf Grund seiner Aktenlage lückenlos beweisen.«

»Das ist ein Bluff«, raunte Herzog, zum Bürgermeister gewandt. »Wenn es so ein Archiv gäbe, wüsste ich davon.«

»Davon habe ich schon gehört, Herr Herzog. Von Ihrer allwissenden Machtposition im Ort. Sie hätten nie gedacht, dass einer hinter Ihrem Rücken eine Spiegelwelt Ihrer Arbeitsweise aufbauen könnte.«

Während Katzmeyer weitersprach, ging er einen Schritt auf Johann Herzog zu und verwendete in der Anrede das vertrauliche Du, das noch aus Kindertagen als Rest in seinem Inneren wie Vergangenheitsschrott liegen geblieben war und das er nun nutzen konnte, um den Amtsleiter aus der Reserve zu locken. Katzmeyer flüsterte mehr, als dass er sprach, so als wolle er nun Hohengassner aus dem Gespräch vollkommen ausschließen.

»Du warst schon als Kind eine hintertriebene kleine Kröte. Alle im Ort wissen, dass du Dreck am Stecken hast. Nur konnte dir keiner bisher was nachweisen.«

»Und du meinst, dass es dir gelingen wird«, hielt Herzog dagegen.

»Wir werden es sehen. Steinwendter ist jedenfalls davon überzeugt. In seiner Hütte lagert dein ganzes Leben, behauptet er.«

Katzmeyer drehte sich abrupt zu Hohengassner um und erhob seine Stimme: »Eine Vernichtungsaktion im Gemeindearchiv wird Ihnen also nicht viel nützen. Steinwendter hat Duplikate von allen wichtigen Entscheidungen der letzten dreißig Jahre.«

Damit ließ Katzmeyer die beiden Männer stehen und ging grußlos durch die Tür davon. Er eilte die Treppe hinunter, um so rasch wie möglich Distanz zwischen sich und Herzog zu legen. Schon nach wenigen Schritten läutete das Telefon. Auf dem Display erschien neuerlich die Nummer seines Dienstgebers.

Der Chef, dachte Katzmeyer, und er wusste, dass dieser Rechenschaft von ihm verlangen würde. Wahrscheinlich saß ihm wieder das Ministerbüro im Nacken. Die Kommandokette war nach wie vor intakt. Katzmeyer nahm das Gespräch an: »Ah, Chef, was gibt es? … Nein, beruhigen Sie sich. … Ja, ich habe eine Exhumierung angekündigt. … Nein, nein, sie wird nicht stattfinden. … Wieder ein Anruf vom Ministerbüro? … Ja, ich verstehe Ihre Position. … Nein, ich kann jetzt nicht mehr zurück. … Sie wollen mich suspendieren? …. Ich bin im Urlaub. … Ich ermittle doch nicht. … Ich stelle nur Fragen. … Nein, das geht nicht. … Ja, tun Sie das. … Sagen Sie dem Minister, ich handle auf eigene Faust, und ich werde mich seinen Fragen stellen, wenn ich fertig bin. Aber nicht heute und auch nicht morgen. Nächste Woche, vielleicht. … Wenn Sie mich von weiteren Ermittlungen abhalten wollen, müssen Sie mich von der örtlichen Polizei verhaften lassen. Ich stehe kurz davor, den Fall zu lösen. … Ob das mein Ernst ist? … Sie kennen mich, Chef, natürlich ist das mein Ernst. … Ja, ich hab verstanden. … Ich weiß, dass Sie mich in dieser Sache nicht schützen können. … Vertrauen Sie meiner Aufklärungsrate. … Ob ich wusste, dass Sonnleithners Tante krank ist? … Ja, er hat mal so was erwähnt. … Geht es ihr schlechter? … Das tut mir leid. … Gut, Chef. … Morgen ist alles vorbei. … Wenn alles gut geht. … Ja, Chef. … Auf Wiederhören. Ich melde mich dann. Gleich morgen früh.«

Mit diesen Worten, die seinen Vorgesetzten vertrösten sollten, legte Katzmeyer auf und setzte seinen Weg zur Villa fort.

So aufgebracht hatte er seinen Chef noch nie erlebt. Er dürfte mächtigen Druck aus dem Ministerbüro erhalten haben. Für Katzmeyer wurde es Zeit, den Fall zu einem Ende zu bringen. Lange würde er seinen Chef und die politischen Kräfte in Wien nicht mehr hinhalten können.

Die Falle

Eine sternenklare Nacht kündigte sich an. Hier am Schwarzensee wurde es selbst im Sommer rasch dunkel. Hinter dem hohen Kamm der Berge verschwand die Sonne bereits am späten Nachmittag, und die langen Schatten warfen sich schnell über den dunklen See.

Katzmeyer saß in einem bequemen Stuhl im Schlafzimmer von Erwin Steinwendter und blickte in die Dämmerung. Durch die offene Tür, die Katzmeyer bei seinem letzten Besuch nicht aufgefallen war, konnte er das Zirpen der Grillen hören. Es war ein idyllischer Ausblick, und zum ersten Mal seit er hier war, kam so etwas wie Urlaubsstimmung in ihm auf. Ihm erschien sein Aufenthalt, als wären Monate vergangen, und doch waren nicht einmal drei Wochen seit seiner Ankunft hier verstrichen. In den sich verdüsternden Schlafraum fiel ein schmaler Streifen Licht aus dem Wohnzimmer auf den Boden, breitete sich von dort wie ein Lichtpfeil aus und wies durch die Terrassentür hinaus. Fast schien es, als wolle das Licht Katzmeyer eine letzte Chance einräumen, doch noch zu verschwinden.

Im Nebenzimmer hörte der Ermittler Erwin Steinwendter auf und ab gehen. Das Warten zehrte an dessen Nerven. Katzmeyer wusste, dass, wenn sein Plan, den er mit Franz Rhab und dem Herbert Hiller ausgeheckt hatte, schieflaufen würde, Steinwendter zu allem fähig wäre.

Heute Abend musste der Mörder von Andreas Steinwendter gefasst werden, sonst würde dieser Fall für immer ungeklärt bleiben. Eine zweite Chance würden sie nicht bekommen. Sie hatten den Köder ausgelegt. Ob der Hai zuschnappen würde, wusste keiner zu sagen. Am wenigsten Katzmeyer selbst. Noch nie war er sich einer Sache so unsicher wie heute Abend. War die Verzweiflung des Täters groß genug, um den letzten aller Beweise zu vernichten, das Archiv des Erwin Steinwendter?

Katzmeyer hörte, wie dieser innehielt. Nur die Geräusche, die von der Terrasse in den Schlafraum drangen, schienen an Lautstärke zugenommen zu haben. Es klopfte an der Eingangstür. Aufgeregt sprang Katzmeyer aus seinem Sessel hoch und schlich zur Schlafzimmertür, als Steinwendter laut »Herein!« rief.

Katzmeyer war angespannt und bereit, jederzeit einzugreifen. Er konnte es in all seinen Gliedern spüren. Die Gefahr, der Steinwendter sich aussetzte, war nicht berechenbar. Wer würde auftauchen? Katzmeyer hatte zwar einige Personen für sich selbst ausgeschlossen, aber Steinwendter war bei seinen Verdächtigen geblieben.

Die Eingangstür ging auf, und Katzmeyer hörte, wie der alte Mann den Besucher begrüßte.

»Hallo, Stanglmeyer.«

»Grüß dich, Steinwendter«, entgegnete Stanglmeyer und zog die Tür hinter sich ins Schloss.

»So spät noch unterwegs?«, fragte Steinwendter.

»Spar dir deinen Sarkasmus. Du weißt, warum ich gekommen bin.«

»Ich kann es mir denken. Bin ich jetzt dran, nach meinem Buben?«

»Erwin, du spinnst. Hör auf mit dieser fixen Idee, dass ich oder der Hohengassner oder der Lobner den Andreas umgebracht haben.«

»Warum bist du dann gekommen?«

»Erwin, wir haben uns gestern getroffen und noch mal alles besprochen.«

»Wir? Wer ist wir?«, fragte Steinwendter.

»Der Lobner, der Hohengassner und ich. Wir haben beschlossen, dir ins Gewissen zu reden, dich zur Vernunft zu bringen.«

»Gewissen. Das sagt gerade einer wie du. Wo war denn dein Gewissen, als ihr meinen Bub ermordet habt?«

»Erwin, das haben wir doch schon Hunderte Male durchgekaut. Dein Bub ist gestürzt. Unglücklich. Das haben alle gesagt. Die Polizei. Die Staatsanwaltschaft. Die Zeitungen. Der alte Braumüller hat gesagt, er ist auf den Kopf aufgeprallt und an der Kopfverletzung gestorben. Niemand hat ihn ermordet.«

Steinwendter schwieg eine Zeit lang.

»Du bist doch sicher nicht ohne ein Angebot gekommen, oder?«, fragte er schließlich.

»Du weißt, wir haben dir damals eine Entschädigung für den Verkauf deines Hofes angeboten.«

»Du meinst den Hofraub?«

»Nenn es, wie du willst. Wir sind bereit, dir diese Entschädigung auszuzahlen. Wir müssten nicht, aber wir sind bereit dazu.«

»Und was ist die Gegenleistung?«

»Du überredest Katzmeyer, die Untersuchungen einzustellen. Er wird im Fall von Andreas nichts finden. Aber der Bluthund hat gestern dem Hans Lobner gesagt, er würde uns die Behörden wegen dem Hotel auf den Hals hetzen. Und wir wollen nicht, dass jemand in unseren Büchern herumschnüffelt. Wir können uns nicht noch mal so einen Aufruhr wie vor acht Jahren in der Gemeinde leisten. Das ist schlecht für's Image.«

»Ich weiß, ihr hört die Wahrheit nicht gerne, aber diesmal werdet ihr nicht davonkommen. Herr Bankdirektor Stanglmeyer, diesmal wird ein Kopf rollen, ob es deiner sein wird, hängt davon ab, wie tief du mit drinsteckst im Sumpf. Wenn die Sache mit meinem Buben aufkommt, wirst du das politisch und beruflich nicht überleben. Da wird keiner mehr die schützende Hand über dich halten.«

»Sei doch nicht so naiv, Erwin. Schau mal, ich habe mir nichts zuschulden kommen lassen. Ich habe deinen Buben nicht umgebracht. Ich habe deinen Hof nicht versteigert.«

»Du und der Bürgermeister, ihr habt den Gemeinderat manipuliert, um das Kurhotel bauen zu können.«

»Mag sein, aber das ist noch kein Verbrechen. Der Gemeinderat hat zugestimmt. Da kann mir keiner was. Die Baugenehmigungen sind einwandfrei. Die Kreditvergaben sind alle von höchster Stelle abgesichert. Mir kannst du nichts nachweisen.«

Steinwendter gab Stanglmeyer keine Antwort.

»Überleg es dir, Erwin. Es soll nicht zu deinem Nachteil sein. Pfeiff den Bluthund zurück, und wir werden dir die damals versprochene Abfindungssumme morgen auf dein Konto überweisen.«

»Ich will nichts von eurem Schandgeld, das ihr mit Betrügereien an ehrlichen Leuten verdient habt.«

»Denk an deine Tochter und an deine Enkelkinder. Sie werden das Geld einmal gut brauchen können.«

»Lass meine Tochter aus dem Spiel«, brauste Steinwendter unvermittelt auf.

»Du bist ein sturer alter Bock, Erwin. Du willst es offensichtlich nicht anders. Und dieser Katzmeyer wird schon sehen, was er davon hat, dass er auf dich reingefallen ist.«

Katzmeyer hörte, wie die Eingangstür geöffnet wurde und wie der Stanglmeyer mit einem kurzen Gruß das Haus verließ. Katzmeyer trat durch die Schlafzimmertür ins Wohnzimmer und sah Steinwendter mitten im Raum stehen, der von Stanglmeyer offen gelassenen Tür zugewandt. Ein Stuhl war zu Boden gefallen. Er blickte starr durch die Tür, so als wolle er den Bankdirektor mit seinem Blick zurückholen. Als er Katzmeyer hinter sich spürte, sagte er mit resignierter Stimme: »Er war es nicht.«

»Nein, der Bankdirektor war es nicht. Das habe ich schon vermutet, Steinwendter.«

»Aber wenn er es nicht war und auch die anderen beiden nicht, wer war es dann?«

Steinwendter drehte sich zu Katzmeyer. Sie standen sich auf Armeslänge gegenüber. Steinwendter blickte zum Ermittler auf, und seine Augen drückten nur Ratlosigkeit aus. Katzmeyer wollte gerade etwas erwidern, als seine Augen sich weiteten und er Wolfgang Herzog durch die Tür treten sah. An der kurzen Leine führte er den Leopold, der sich sofort an seine Seite setzte, als der junge Herzog stehen blieb. Hinter ihm schlich der verrückte kleine Mann, der ihn gestern auf dem Weg zum Parkplatz in Aussee abgepasst hatte, über die Türschwelle und zog hinter dem Wolfgang die Tür zu. Das Gewehr hielt der junge Jäger wieder eng an seine Schulter gezogen. Steinwendter schien die sich weitenden Augen des Ermittlers wahrgenommen zu haben, drehte sich um und stieß einen Ruf der Verwunderung aus: »Wolfgang und Leopold.«

»Ja, Erwin. Es ist so weit. Du weißt, was wir mit Leuten aus dem Dorf machen, wenn sie sich widersetzen. Wir haben lange genug zugeschaut, aber jetzt hast du den da mit hineingezogen. Sie schicken mich, die Beweise zu vernichten.«

»Was haben Sie vor?«, fragte Katzmeyer, der sich nun ins Gespräch einmischte, um die Spannung, in der sie alle gefangen waren, ein wenig zu lösen. Dabei ließ er den Hund Leopold nicht aus den Augen.

»Ich habe gar nichts vor«, sagte Wolfgang Herzog in seiner ruhigen Art und bewegte sich nicht von der Stelle.

Katzmeyer befiel dabei das gleiche Unbehagen, das er bereits im Wald verspürte, als Wolfgang Herzog ihn zum ersten Mal gestellt hatte. Doch diesmal war er vorbereitet.

»Ich bin nicht der Vollstrecker, um die Worte einer lieben Freundin von Ihnen zu wiederholen. Für die Drecksarbeit habe ich ihn.«

Der alte, schrullige Mann, den seine Begleiterin gestern im Kurpark noch Papa genannt hatte, trat aus dem Schatten von Wolfgang und stellte sich neben Leopold. Ein groteskes Bild. Der Jäger, sein Hund und das Faktotum.

»Hubert, du?«, stieß Steinwendter hervor.

»Sie kennen ihn?«, wandte Katzmeyer sich an Steinwendter.

»Ja. Hubert Santner. Das kann doch nicht dein Ernst sein, Wolfgang. Ihr habt Hubert benutzt?«

»Ein treuer Diener seines Herrn«, grinste Wolfgang.

»Ihr habt Unrecht getan«, sagte Hubert. »Unrecht an dem heiligen Pakt, den wir in unserer Gemeinde geschlossen haben. Ihr habt den Meister bedroht.«

»Den Meister?«, fragte Katzmeyer etwas verwirrt.

»Es ist also wahr, was sie erzählen«, sagte Steinwendter.

»Hinter allem steckt deine Familie. Immer schon.«

»So nett ich es finde, mit euch zu plaudern«, erwiderte Wolfgang Herzog trocken, »wird es dennoch Zeit, einen Abschluss mit der leidigen Sache zu finden.«

»Ihr habt mich ruiniert. Das ist keine leidige Sache für mich. Ihr habt mir den Hof unter dem Hintern wegverkauft, und der Andreas war euch bei euren Entwicklungsplänen im Weg.«

»Das stimmt nicht«, brummte Wolfgang Herzog. »Aber Argumenten warst du noch nie zugänglich. Du hast keine Ahnung, was damals wirklich passiert ist, oder?«

»Also, du bist sicher nicht gekommen, um mit mir über Andreas zu reden«, sagte Steinwendter. »Was für ein Angebot hast du für mich? Wie willst du mich zum Schweigen bringen?«

»Ich habe dir kein Angebot zu machen. Ich bin gekommen, um die Beweise zu vernichten, von denen Katzmeyer gestern so vollmundig in der Gemeinde gesprochen hat. Jetzt sind wir schon drei, die glauben, dass es ein Mord gewesen ist«, sagte Herzog und nahm das Gewehr von der Schulter. »Der einzige Unterschied ist, du hast immer die Falschen verdächtigt. Der Hohengassner, der Lobner und der Stanglmeyer wissen gar nichts. Und der plumpe Versuch vom Stanglmeyer, in letzter Minute seine Haut zu retten, indem er dich kaufen wollte, zeigt nur, wie hilflos sie alle sind. Niemand weiß so gut wie ich, dass du nicht käuflich bist. Du wärst auf unserer Seite immer ein Gewinn gewesen. Auf der Seite der Stärkeren. Die anderen sind nichts weiter als Marionetten. Die drei sind zwar korrupt und gierig, aber die würden nie jemanden töten. Das brächten sie nie zuwege. Sie sind armselige Schweine.«

»Und Sie glauben, wir werden Ihnen die Beweise einfach aushändigen?«, fragte Katzmeyer, um Herzogs Aufmerksamkeit von Steinwendter abzulenken.

»Natürlich nicht. Aber ich will die Beweise ja nicht. Was würde ich denn damit tun? Damit würde ich sie doch nicht aus der Welt schaffen. Ich werde dem Erwin einfach das Letzte nehmen, was wir ihm aus reiner Menschlichkeit noch gelassen haben. Diese Hütte.«

»Indem Sie uns erschießen?«, fragte Katzmeyer.

»Herr Katzmeyer, ich werde Sie nicht erschießen, das wäre wirklich dumm. Spätestens morgen früh würden sie mich holen kommen. So leicht mache ich es euch nicht.«

»Was willst du dann tun, mich mit dem Gewehr erschlagen, wie du meinen Buben mit dem Stein erschlagen hast?«, forderte Steinwendter Herzog neuerlich heraus. Dabei griff er nach dem Stein, den er zuvor aus dem Archiv geholt hatte und von dem er immer behauptete, es sei das Tatwerkzeug, und hielt ihn hoch.

»Ach, Erwin, mach dich doch nicht lächerlich. Der Stein beweist doch gar nichts. Gib endlich auf. Sag mir, wo dein ominöses Archiv ist. Es muss aufhören. Das Ganze dauert nun schon viel zu lange. Dein Archiv ist die letzte Spur, die in die Vergangenheit führt«, sagte Herzog.

»Da täuschst du dich, Wolfgang. Ich mag die letzte menschliche Spur sein, aber Akten lügen nicht.«

»Akten. Du bist ja noch naiver, als ich bisher dachte. Akten gibt es keine mehr. Wir haben die letzten drei Wochen genutzt, um jeden Fetzen Papier zu vernichten, jeden Eintrag zu tilgen.«

»Das Kompliment kann ich euch nur zurückgeben. Eure Naivität grenzt beinahe an Dummheit. Warum, glaubst du, habe ich all die Jahre die Behörden mit dem Fall konfrontiert?«

»Das haben wir nie verstanden, Erwin. Aber da dir ohnehin niemand geglaubt hat, war es uns eigentlich auch egal. Du hast über deinen Recherchen, die nicht nur sinnlos, sondern auch teuer waren, noch das Letzte verloren, was du hattest, das bisschen Geld, was vom Zwangskonkurs übrig geblieben ist. Und jetzt verlierst du auch noch deine Hütte und dein Leben.«

»Ich habe immer gewusst, dass ihr ignorant und korrupt seid, aber dass eure Überheblichkeit euch eines Tages ans Messer liefern würde, hätte ich nicht mehr geglaubt.«

»Lass es uns beenden, Erwin.«

»Nein, die paar Minuten wirst du dir noch Zeit nehmen«, erwiderte Steinwendter. »Nach Jahren des Kampfes gegen euch weiß ich heute, dass Leute wie ihr den Rechtsstaat mit Füßen treten. Ihr habt euch in den letzten Jahren die Bäuche vollgeschlagen, während ich damit beschäftigt war, Dokumente zusammenzutragen. Seite für Seite, Satz für Satz habe ich aus meinen Prozessen die Wahrheit herausdestilliert.«

»Wenn das alles stimmt, warum sitzen wir nicht längst hinter Gittern?«, fragte Herzog selbstsicher. »Du hast nichts in der Hand, sonst würdest du nicht allein dasitzen, sondern Katzmeyer hätte mir die Polizei vorbeigeschickt und mich verhaftet.«

»Ihr habt doch alle einkassiert, die Staatsanwaltschaft und die Polizei. Nur Katzmeyer ist geblieben. Seine Ermittlungen und meine Beweise werden euch das Genick brechen.«

»Schluss jetzt mit dem Unsinn«, brauste Herzog auf. »Hubert, der Vollstrecker, wird jetzt seines Amtes walten.«

Erst jetzt fiel Katzmeyer auf, dass der schrullige alte Mann, der bisher in gebückter und demütiger Haltung neben dem Hund Leopold gestanden hatte, sich zu voller Größe aufrichtete und eine vollkommene Wandlung seines Äußeren vollzog. Aus seinen Augen leuchtete nun eine Begeisterung, die er bisher vermissen ließ. Innerhalb kürzester Zeit hatte sich sein Körper gestrafft, und er schüttelte einen Kanister, den er bei sich trug. Er nahm das um die Schulter geworfene Seil und ging zum Tisch der Hütte.

Seine Stimme klang selbstbewusst und stark, als er sagte: »Wir machen jetzt ein kleines Feuer. Niemand darf ungestraft die Herrschaften beleidigen und demütigen.«

»Die Herrschaften«, wiederholte Katzmeyer. Endlich war er an sein Ziel gekommen. Er hatte den Mörder gefasst. Hubert Santner hatte den Andreas Steinwendter umgebracht. Der Fall war abgeschlossen. Und gleichzeitig öffnete sich ein Universum an Fragen. Wer waren die Herrschaften, der Meister, der Vollstrecker, der Überbringer der Botschaft? Alles Begriffe, die aus einer Heldensage entsprungen zu sein schienen und sich nun hier in der Hütte in der Gestalt des Jägers, des Leopolds und des Hubert Santners materialisierten. Wie aus der Zeit gefallen.

»Ja, Herr Kommissar. Steinwendter hat die ehernen Gesetze gebrochen.«

»Das ist doch alles Unsinn, Wolfgang«, entgegnete Steinwendter. »Das existiert doch alles nur in deiner kranken Phantasie. Die Wächtertruppe. Die Meister. Die Herrschaften. Und jetzt auch noch der arme Hubert, den ihr nach seinem Unfall für eure miesen Zwecke einsetzt.«

»Mag sein, dass es in deinen Augen eine kranke Phantasie ist, Erwin. Aber es funktioniert. Die Menschen im Dorf glauben daran.«

»Das kann ich bestätigen«, sagte Katzmeyer.

»Ja, Eveline hat dir davon erzählt. Ich habe es gehört. Der Vollstrecker hat jeden eurer Schritte belauscht. Er ist euch seit drei Wochen nicht von der Seite gewichen. In all der Zeit, Erwin, in der du auf Katzmeyer aufgepasst hast, ließ auch er ihn nicht aus den Augen. Er war immer in seiner Nähe. Der Vollstrecker hatte euch immer im Visier. Und er will sich nun seinen gerechten Lohn abholen. Er brennt darauf, euch zu hängen.«

»Jetzt wird mir die Sache zu absurd«, sagte Katzmeyer ein wenig ärgerlich. »Das höre ich mir nicht länger an. Steinwendter, ich denke, wir haben genug gehört.«

»Ja, wir haben genug gehört«, erwiderte dieser.

»Ihr überlegenes Getue wird Ihnen nicht helfen«, raunte Herzog, und zum ersten Mal lächelte er. »Vollstrecker, walte deines Amtes.«

Hubert Santner schraubte den Verschluss des Kanisters ab. Dabei ging er langsam auf die Holztreppe zu, die in den ersten Stock führte.

»Brandbeschleuniger«, sagte er. »Deine Hütte wird lichterloh brennen.«

»Augenblick, ich möchte meine Kollegen informieren«, sagte Katzmeyer und griff in die Tasche, holte sein Mobiltelefon heraus und drückte eine Taste. »Die SMS ist weg.«

»Die Kollegen? Wir haben uns gründlich umgesehen. Es ist niemand da«, sagte Herzog selbstsicher. »Sie sind ganz allein auf sich gestellt. Wir werden euch an die Stühle binden, dann werden wir den Brandbeschleuniger über den Tisch gießen und den Rest der Polizei überlassen. Die Staatsanwaltschaft und die Polizei werden die Sache vertuschen, weil sie kein Interesse daran haben, dass die Behörde mit einem zehn Jahre alten Fall angepatzt wird.«

»Sie wissen, dass Sie damit nicht durchkommen, oder?«, fragte der Kommissar. »Sie glauben wirklich, dass wir vollkommen unvorbereitet sind. Ihr Faktotum …«

»Ich bin der Vollstrecker«, zischte Hubert Santner den Ermittler giftig an.

»Also, Ihr Vollstrecker hätte Ihnen das ganze Gespräch mitteilen sollen, das ich mit Eveline Haigermoser hatte. Sie hat mir den Rat gegeben, mich nicht allein mit Ihnen anzulegen. Ich bin normalerweise sehr stur, wenn es um meine Ermittlungen geht. Ich gehöre zu den Einzelgängern der Branche. Aber in den letzten drei Wochen gab es eine beunruhigende Steigerung und Eskalation der Bedrohung.«

»Das ist alles unsinniges Geschwätz eines Mannes, der nach einem Strohhalm greift. Geht beide dort hinüber zum Tisch und setzt euch. Wir sind schon einmal damit durchgekommen.«

»Gut, dann machen wir hier und jetzt Schluss«, sagte Katzmeyer.

»Lassen Sie das Gewehr fallen«, brüllte eine Stimme. Sonnleithner und sein Kollege stürmten mit gezogenen Waffen durch die Tür.

Herzog ließ dem Hund die lange Leine: »Der Leopold, Werner. Der Leopold!«, schrie Katzmeyer.

Sonnleithner gab einen gezielten Schuss ab. Der Hund fiel im Ansatz seines Sprungs tot zu Boden. Sonnleithners Kollege nahm sich Hubert Santner vor, der gerade dabei war, den Brandbeschleuniger über den Tisch zu verteilen, so als liefe ein vor langer Zeit in Gang gesetztes Protokoll ab. Santner wurde gewaltsam nach draußen geschleift, um Schlimmeres zu verhindern. Herzog hatte unterdessen seine Waffe sinken lassen und sich über seinen Hund gebeugt.

»Leopold, Leopold«, flüsterte er mehr, als er sprach.

Sonnleithner ging zu dem am Boden knienden Herzog, um ihn in Gewahrsam zu nehmen, solange er noch mit dem plötzlichen Ableben seines Hundes Leopold beschäftigt war. Er legte ihm Handschellen an und zog ihn in eine aufrechte Stellung. Mit hasserfüllten Augen blickte Herzog Katzmeyer an. »Dafür werden Sie bluten, Katzmeyer«, brüllte er schließlich.

»Werner, nimm ihn mit, bitte. Bringt ihn und den Santner nach Gmunden«, sagte Katzmeyer und stand auf. »Aber bevor du ihn abführst, hätte Steinwendter noch eine Frage an den Mann.«

Steinwendter erhob sich, trat ganz dicht an Wolfgang Herzog heran und fragte: »Warum habt ihr den Buben umgebracht? Das war doch nicht notwendig, nachdem ihr uns den Hof zwangsverkauft habt.«

»Er wusste zu viel«, sagte Herzog.

»Ein Mord für ein Kurhotel?«

»Du hast immer noch keine Ahnung, Erwin, oder? Das Kurhotel hat doch gar nichts damit zu tun. Keiner von euch weiß, was wirklich passiert ist. Es geht doch nicht ums Hotel. Es ging nie ums Hotel. Dein Bub war ein kluger Kerl. Er hat meinen Vater erpresst, um euren Hof zu retten. Ich habe ihn zur Rede gestellt, aber er wollte nicht nachgeben. Einen Tag später habe ich ihm Hubert in den Wald nachgeschickt. Den Rest der Geschichte kennst du ja.«

»Und womit hat er deinen Vater erpresst«, fragte Steinwendter.

»Eine lächerliche Sexgeschichte. Mein Vater hatte eine Affäre mit dem Stanglmeyer seiner Frau. Und wenn die ganze Sache rausgekommen wäre, hätte Stanglmeyer sich aus dem Projekt zurückgezogen. Die Glaubwürdigkeit meines Vaters stand auf dem Spiel.«

»Das alles nur wegen einer Sexgeschichte«, sagte Steinwendter mehr zu sich als zum jungen Herzog.

Katzmeyer gab Sonnleithner einen Wink, und dieser führte den Jäger nach draußen.

»Morde erscheinen uns immer sinnlos«, sagte Katzmeyer. »Und die Anlässe muten uns, die wir unter normalen Umständen nicht in der Lage sind, einen Mord zu begehen, in den meisten Fällen irrational an. Aber so belanglos oder absurd oder unnötig uns der Anlass für einen Mord scheinen mag, in ihm steckt immer ein Funken Rationalität. Auch wenn der Grund dahinter wie im Falle Ihres Sohnes eine abstruse Allmachtsphantasie einer seltsamen Gemeinschaft aus Überlegenheit und Irrsinn war.«

Katzmeyer nahm Steinwendter am Arm, führte ihn durchs Schlafzimmer auf die Terrasse der Hütte. Dort blieben sie beide stehen und blickten auf den nun in vollkommene Dunkelheit gehüllten See hinunter.

Der Schwarzensee hatte zwar seine Unschuld verloren, aber seine Schönheit zurückgewonnen, dachte Katzmeyer.

»Es war Mord«, flüsterte Erwin Steinwendter. »Ich habe also recht gehabt. Aber ich konnte den Mörder nicht finden, weil ich dem falschen Verdacht gefolgt bin.«

»Wir hatten zwar einen falschen Verdacht, aber wir haben den richtigen Täter gefunden«, erwiderte Katzmeyer, und insgeheim hoffte er, dass ihm und Sonnleithner dies mildernde Umstände bei seinem Vorgesetzten und diesem wiederum beim Minister einbringen würde.

Eine Freundschaft

Katzmeyer war wieder auf dem Weg *Zur Lore*.

Für diesen Sommer war es sein letzter Gang hinauf zum Schwarzensee. Über den neuen Radweg war er zur Schwarzenbachkreuzung gelangt und ging dann den Weg entlang, der weiter zum Waldrand hinter dem Sägewerk führte. Dort bog er rechts in den Wald ab, und nach einem steilen Anstieg, auf dem dutzende Steine aus dem erdigen und morastigen Boden ragten, die nach den letzten heftigen Regengüssen ausgewaschen worden waren, folgte er dem Pfad, der nun beinahe waagerecht zwischen zwei Hügeln hindurch zum Schwarzensee hinaufführte.

Diese Schneise zu nehmen, war ihm nicht leichtgefallen. Katzmeyer hätte auch mit dem Wagen zum Parkplatz hochfahren, die lästige Touristensteuer, die sie hier Parkgebühren nannten, bezahlen und dann den gemütlichen Weg über die Zufahrtsstraße *Zur Lore* zurücklegen können. Doch das wäre ihm zu einfach erschienen. Er musste noch einmal den Weg nehmen, auf dem er von Leopold angegriffen worden war. Sich dieser Angst stellen, die ihn gepackt hatte, als er vom Atem des Hundes am Hals gestreift wurde, die schweren Pfoten auf seiner Brust ruhten und ihn zu Boden drückten. Auch die Tatsache, dass der Hund tot war, hatte ihm nicht geholfen, diese Erinnerungen abzuschütteln. Katzmeyer musste sich diesem

Schrecken stellen, der von dem heimtückischen Mordwerkzeug ausging. Der junge Herzog hatte eine große Begabung dabei gezeigt, Menschen und Tiere in tödliche Angriffswaffen zu verwandeln. Und es war eine seltene Begabung, die mehr über sein mörderisches Inneres aussagte als alle Taten, die er selbst an anderen vollbracht haben mochte.

Er schritt den Weg mit Bedacht entlang, und als er zu der Stelle kam, an der der Angriff erfolgt war, verlangsamte er seine Schritte, achtete auf seine Umgebung, lauernd, obgleich er wusste, dass keine Gefahr mehr drohte. Santner saß gemeinsam mit Wolfgang Herzog in Untersuchungshaft. Leopold war den Weg allen Irdischen gegangen.

Als Katzmeyer über den Ort des Geschehens hinweggeschritten war, wurde sein Tritt wieder sicher, sein Atem, den er unwillkürlich angehalten hatte, nahm seine gewohnte Frequenz an, und es strömte wieder in gleichmäßigen Zügen Luft durch seine Lungen. Er schritt rasch voran, denn schließlich hatte er eine Verabredung mit Erwin Steinwendter, und er wollte unter keinen Umständen zu spät kommen.

Kurz darauf erreichte er die Straße und folgte ihr bis zu dem kleinen Weg, der zum See hinabführte. Die trockene Hitze der letzten Tage war einer kühlen Feuchte gewichen, und nur vereinzelt zirpten Grillen zwischen den abgeernteten Himbeerstauden. Katzmeyer spürte, wie die Anspannung der letzten Wochen von ihm abfiel und sich in seinem Körper Erleichterung breitmachte, als plötzlich von der Seite ein Mann aus dem Unterholz auf den Weg trat und Katzmeyer mit »Grüß Gott, Katzmeyer« ansprach.

»Ich habe Sie erwartet, Steinwendter. Schön, dass Sie Ihren Humor wiedergefunden haben.«

»Alte Gewohnheiten wird ein alter Mann wie ich nicht mehr so schnell aufgeben, Katzmeyer. Das letzte Stück des Weges *Zur Lore* wollte ich mit Ihnen gemeinsam gehen. Es ist unser letzter gemeinsamer Spaziergang.«

»Für diesen Sommer, ja. Doch ich hoffe, dass wir noch so manchen gemeinsamen Spaziergang durch diesen unheiligen Wald machen werden.«

»Katzmeyer, ich muss mich bei Ihnen bedanken, dass Sie mir den Wald zurückerobert haben.«

»Wie meinen Sie das, Steinwendter?«

»Er hat zwar seine Unschuld nicht zurückgewonnen, aber er ist endlich frei von dem Makel, den Herzog ihm aufgebürdet hat. Nun kann ich mich wieder ungehindert in ihm bewegen. Meinen Sohn bringt mir das nicht zurück, aber ich wurde rehabilitiert. Ich habe meine Glaubwürdigkeit zurückbekommen, und meine Vermutung hat sich in eine Gewissheit verwandelt.«

»Das freut mich, Steinwendter. Selten hat mir die Aufklärung eines Verbrechens eine solche Befriedigung verschafft. Ich hoffe, dass sich nun auch Ihre Familie wieder zusammenfindet und Sie den Weg zu Ihrer Tochter wagen können. Jeden Tag, wann immer Sie wollen, und dass der Tod aus Ihnen weicht und Sie zurück ins Leben können. Zu den Menschen. Bei denen Sie gewesen sind, bevor all das über Sie hereingebrochen ist.«

»Und Sie haben ja einiges auf sich genommen, um mir beizustehen. Das begegnet einem nicht oft im Leben. Sie sind einer von den Guten. Ich habe mich nicht getäuscht. Und der Leopold? Versetzt der Gedanke an die Begegnung im Wald Sie noch immer in Angst und Schrecken?«, fragte Steinwendter und klopfte ihm mit der Hand auf die Schulter, und dabei stand dem alten Mann ein Grinsen im Gesicht.

Katzmeyer freute sich, den alten Mann entspannt, beinahe fröhlich an seiner Seite zu wissen. Er war wie verwandelt. Das Zurückhaltende und Stille in seinem Wesen war verschwunden.

»Steinwendter, ich müsste lügen, wenn ich sagen würde, dass mir die Sache nicht zugesetzt hat. Ich habe schon viele Verbrecher getroffen, aber einen wie den Wolfgang Herzog noch nicht. Der war wirklich ein ganz eigener Charakter. Ein brandgefährlicher. Wer nach einem Oberkellner im Weißen Rössl benannt ist, ist durchaus mit Vorsicht zu genießen. Aber jetzt sagen Sie mal, Steinwendter, wie geht es Ihnen? Was haben Sie in den letzten Tagen gemacht?«

»Ich bin bei meiner Tochter in Abersee geblieben. Habe mit meinen Enkeln einen ausgedehnten Spaziergang am See entlang gemacht. Sie haben ja keine Ahnung, wie sehr ich das vermisst habe. Es hat mir gutgetan.«

»Ja, das merke ich.«

Rückblickend war Katzmeyer froh, dass er Steinwendter überreden konnte, nach den Ereignissen in der Hütte die Nacht nicht dort zu verbringen. Er durfte in der Stunde seines Triumphes nicht allein bleiben. Katzmeyer hatte ihn höchstpersönlich bei seiner Tochter in Abersee abgeliefert, die ihm in die Hand versprechen musste, ihn in dieser Nacht keinesfalls aus den Augen zu lassen.

Die beiden Männer waren nun an der Steinmauer des Gastgartens *Zur Lore* angekommen. Katzmeyer trat, gefolgt von Steinwendter, durch das Tor und steuerte sogleich den Tisch an, der auf der linken Seite dicht an die hohe Mauer gerückt stand. Dort saß er mit Vorliebe, weil von diesem Ort aus der See das schönste Panorama abgab. Die beiden Männer setzten sich nebeneinander an den Tisch, sodass beide auf den See hinausblicken konnten. Für wenige Momente unterbrachen sie ihr Gespräch und hingen ihren Gedanken nach. Das war etwas, das Katzmeyer in den letzten Wochen von Steinwendter gelernt hatte: Schweigen.

»Na, die beiden Herren sind ja jetzt zu Berühmtheiten geworden«, sagte die Wirtin, die endlich Zeit für die beiden fand und an den Tisch getreten war und so Katzmeyer aus seinen Gedanken riss. »Ihr seid das Gesprächsthema Nummer eins im Dorf. In allen Zeitungen steht es. Respekt. Was kann ich euch bringen?«

»Wir haben etwas zu feiern. Da ist Bier wohl nicht angemessen. Also, zwei Gläser Wein.«

»Weißwein«, fügte Steinwendter hinzu. »Den besten Tropfen, den du hast.«

»Den besten Tropfen für die besten Männer. Wird erledigt«, lachte die Wirtin und entfernte sich mit der Bestellung in Richtung Wirtsstube.

»Was haben wir denn zu feiern, Katzmeyer? Nicht, dass ich nicht froh bin, dass alles jetzt ein Ende gefunden hat. Aber ein wenig stehe ich schon wie ein Narr da. Zehn Jahre meines Lebens habe ich eine falsche Spur verfolgt«, sagte Steinwendter.

»Was spielt denn der falsche Verdacht für eine Rolle? Sie haben bekommen, was Sie wollten. Am ersten Abend, als Sie mich geködert haben, sagten Sie, dass Sie Gewissheit über den Tod Ihres Sohnes suchen.«

»Gewissheit. Ja. Die habe ich bekommen. Wir haben den Herzog erwischt und seinen Heldenverein. Ich habe recht behalten. Doch um welchen Preis, Katzmeyer? Alle werden weitermachen wie bisher. Schließlich haben sie den Santner zum

Sündenbock gemacht. Sie werden den Santner und den jungen Herzog hängen. Und der alte Herzog kommt wieder einmal davon.«

»Sie wollen Gerechtigkeit?«, fragte Katzmeyer verblüfft.

»Ja, spotten Sie nur, Katzmeyer. Ich weiß, Gerechtigkeit gibt es in unserem Land nicht. Wir konnten einen Mörder fassen, doch meinen Hof, meinen Sohn und meine Frau bekomme ich nicht zurück.«

»Da haben Sie recht, Steinwendter. Aber heute bleiben uns noch ein Glas Wein und eine neu gewonnene Freundschaft. Ich heiße Friedrich«, sagte Katzmeyer und hob eines der Gläser, die von der Wirtin inzwischen zum Tisch gebracht worden waren.

»Erwin«, erwiderte Steinwendter und hob ebenfalls sein Glas.

»Lass uns trinken, Erwin.«

»Ja, lass uns trinken, Katzmeyer. Auf dich und mich und die Hoffnung, dass dieses wundersame Dorf am Rande der Welt doch noch eines Tages jene Läuterung erfährt, die es benötigen würde und von der der heilige Wolfgang angetan wäre.«

Abschied

Die Fenster des Salons standen weit offen. Die Sonne schien, und eine leichte kühle Brise bewegte die Vorhänge. Über Nacht war der Herbst in die frühen Augusttage hereingebrochen. Die Luft roch frisch. Katzmeyer saß an Tante Elses Wohnzimmertisch, der als einziges Möbelstück im leer geräumten Salon zurückgeblieben war. Die Buben von der Eveline Haigermoser hatten ganze Arbeit geleistet und in den letzten Tagen die Überreste aus Tante Elses Leben abgeholt. Die Villa war nun so weit von jenen Möbeln befreit, die Katzmeyer nicht mehr in seiner Nähe wissen wollte. Die Wände waren kahl und dort, wo Bilder gehangen hatten, bildeten die Rahmen eine feine Schmutzlinie ab. Nur ein einziges Gemälde hing noch an der Wand, das er in einer der Kammern gefunden hatte. Das Gemälde zeigte St. Wolfgang im Sturm. Im Sommer. Vom See aus gemalt. Das Dorf perspektivisch verzerrt. In die Weite gestellt. Niemand könnte das Dorf vom See aus so weit entfernt malen, ohne die Perspektive zu verändern, dachte Katzmeyer, als er das Bild zum ersten Mal zu Gesicht bekam. Dahinter ragte der Schafberg riesenhaft, beinahe hünenhaft auf. Das Dorf schien sich unter ihm wegzuducken, als müsste es sich verschämt an seinem Fuße verstecken. Die Felsformationen waren in Grau und Lila gehalten, mit feinen weißen Strichen durchzogen. Das Wasser des Sees war aufgewühlt, in unterschiedlichen Blautönen schimmernd, die Katzmeyer in einer solchen Vielfalt weder in seiner Kindheit noch später je gesehen hatte. Der Ufersaum in ein sattes Türkis und in grelle Grüntöne getaucht. Die Häuser rot. Leuchtend rot. Ein Sonnenuntergang warf sein letztes Licht über das Tal. Gelb. Chromgelb. So hatte sein Onkel das Dorf gesehen. Vor Sonnenuntergang. Die Sonne ging hinter dem Schafberg unter. Im Norden. Dort, wo sie für gewöhnlich nie zu sehen war.

Katzmeyer erhob sich, nahm die bereitgestellten Koffer und trug sie auf die Veranda. Danach schloss er die äußeren Fensterläden und danach sorgsam die Fenster. Zog die Vorhänge vor. Dies wiederholte er in allen Räumen des Untergeschosses. Fenster für Fenster. Im Salon wurde es allmählich dunkel. Nur noch ein schmaler Streifen Licht fiel auf Onkel Georgs Gemälde, und die Sonne leuchtete, als würde sie eben untergehen. Katzmeyer vergewisserte sich noch einmal mit einem Rundblick, dass auch tatsächlich alles in Ordnung sei, dann trat er durch die Tür zurück auf die Veranda, zog die Glastür zu, danach verriegelte er die beiden schweren hölzernen Türläden und drehte zweimal den Schlüssel im Schloss. Er nahm sein Gepäck auf, trug es zum Wagen, legte es in den Kofferraum, stieg, ohne sich umzublicken, in den roten Kombi, startete den Motor und verließ das Anwesen durch die Einfahrt. Im Rückspiegel sah er, wie die riesigen Tannen im Garten von Tante Else immer kleiner wurden und schließlich, als er auf die Uferstraße einbog, verschwanden.